지킬 박사와 하이드 씨

세계문학산책 27
지킬 박사와 하이드 씨

지은이 로버트 루이스 스티븐슨
옮긴이 붉은여우
펴낸이 안용백
펴낸곳 (주)넥서스

초판 1쇄 인쇄 2013년 3월 25일
초판 1쇄 발행 2013년 4월 1일

출판신고 1992년 4월 3일 제311-2002-2호
121-840 서울시 마포구 서교동 394-2
Tel (02)330-5500 Fax (02)330-5555

ISBN 978-89-6790-145-5 04800

www.nexusbook.com
지식의 숲은 (주)넥서스의 인문교양 브랜드입니다.

세계문학산책 27

로버트 루이스 스티븐슨

지킬 박사와 하이드 씨

붉은여우 옮김 김욱동 해설

지식의숲

차 례

이해할 수 없는 사건

변호사 어터슨의 표정은 늘 한결같았다.

감정이 전혀 드러나 보이지 않는 무덤덤한 얼굴에 웃음기마저 없는 인상이어서, 그를 처음 본 사람이라면 누구나 화가 잔뜩 나 있는 것으로 오해하기 십상이었다.

그는 논리 정연한 화술로 상대방의 생각을 바꾸는 것이 직업임에도 불구하고 말이 별로 없었다. 언제나 자신이 하고 싶은 말을 매우 짤막하게 했다. 질문에 대한 대답 역시 너무나 짧고 간단해서 상대방이 머쓱해 할 정도였다.

어터슨은 키가 보통 사람들보다 큰 편에 속했다.

하지만 살집이 거의 없이 깡마른 데다가 눈매까지 매서워 무척 날카로워 보였다. 그래서 사람들은 그를 향해 바늘로 찔러도 피 한 방울 나오지 않을 것 같은 인간이라고 수군거렸다.

하지만 그런 것들은 하나같이 그의 외형적인 모습일 뿐이었다. 어터슨은 본래 무척 따뜻하면서도 인정이 많은 사람이었다. 다만, 지나치게 강해 보이는 인상 때문에 그런 모습이 밖으로 드러나 보이지 않을 뿐이었다.

어터슨은 스스로에 대해 무척 엄격한 사람이었다.

사회 상류층에 속해 있으면서도 검소와 절약이 몸에 배어 있었고, 일하는 시간과 쉬는 시간을 단 한 번도 어긴 적이 없을 만큼 시간 관리에 철저했다. 또한, 가능한 한 모든 일은 스스로 해결해 하인들이 당황할 정도였다.

하지만 다른 사람들에게는 매우 너그러웠다.

아주 나쁜 짓을 한 사람이라 할지라도 반성의 기미가 보이면 야단을 치는 것보다 최선을 다해 도와주는 쪽을 선택했다. 심지어 몹쓸 짓을 하고 난 뒤 그를 찾아와 눈물을 흘리며 후회하는 사람에게 '앞으로 그런 용기는 좋은 일을 할 때 발휘하라.'라며 위로의 말을 건넬 정도였다.

어터슨의 그런 성품은 많은 사람들을 타락의 위험에서 벗어나게 했다. 나쁜 길로 빠지려던 사람이 입에 발린 위로나 겉으로 내보이기 위한 자비가 아닌, 그의 진정성에 매료되어 새 사람으로 거듭나곤 했던 것이다. 어터슨 또한 그런 사람을 끝까지 돌봐주는 수고를 기꺼이 받아들였다.

어터슨의 그런 인생철학은 보통 사람이라면 흉내조차 쉽지 않은 일이었다. 하지만 그는 마치 태어날 때부터 자신에게 주어진 몫인 양 당연하게 받아들였다. 따라서 어터슨은 자신의 그런 선행을 스스로 떠벌려 널리 알리거나 으스대지도 않았다.

어터슨은 무척 내성적이었다.

오지랖이 넓지도 않고 왕성하게 사교 활동을 하지 않았기 때문에 그에게는 친구가 그다지 많지 않았다. 그러나 한 번 사귄 친구라면 상대방의 지위 고하를 따지지 않고 깊이 있는 친분을 나누었다.

그 대표적인 예가 리처드 엔필드였다.

엔필드는 어터슨의 먼 친척으로, 어려서부터 친하게 지내온 사이였다. 그는 말이 많은 편이었고 놀기를 좋아했으며, 사치가 심해 돈 쓰는 일이라면 런던에서 둘째 가라면 서러워할 정도였다.

주변 사람들이 생각했을 때 어터슨과 엔필드의 성격은 물과 기름처럼 정반대의 성향을 보이고 있었다. 따라서 두 사람은 도저히 가까워질 수 없는 사람들이었다.

하지만 두 사람은 무척 친했다. 매주 일요일만 되면 한 번도 거르지 않고 산책을 할 만큼 가까운 사이였다.

그래서 사람들은 이렇게 수군거리곤 했다.

"참으로 이해할 수 없는 일이야."

"맞아. 정말로 불가사의한 일이지. 게다가 둘이 산책을 하면서 말 한마디 나누지도 않잖아?"

"그래. 아마 모르는 사람들이 보면 두 사람이 주먹다짐이라도 벌인 것으로 착각할 거야."

"대판 싸운 부부도 저렇게 냉랭하지는 않을걸?"

"옳은 말이네. 보고 있는 내가 짜증이 날 만큼 답답한 산책이야."

"그런데 저 사람들은 왜 일요일만 되면 저토록 재미없는 산책을 계속하는 걸까?"

그랬다.

두 사람은 그 무엇보다 일요일의 산책을 중요하게 여기는 듯싶었다. 무슨 까닭이 있는지 모르겠지만, 노는 일이라면 절대로 빠지지 않는 엔필드가 시간이 겹치면 파티를 마다하고 산책을 선택할 정도였다.

그러던 어느 일요일 오후였다.

그날도 어터슨과 엔필드는 약속이나 한 것처럼 입을 꾹 다문 채 산책을 하고 있었다. 두 사람의 발걸음은 런던 중심가를 지나 골목길로 접어들었다. 비록 골목길이라고는 하지만 번화가와 잇닿은 곳이라 깨끗하게 단장한 상점들이 길게 늘어서 있었다.

평일 같으면 물건을 사거나 눈요기를 하려고 나온 사람들로 북적거릴 시간이었다. 하지만 그날은 상점들이 문을 열지 않는 일요일이었으므로 골목길은 무척 한산한 편이었다.

두 사람은 말없이 골목 끝까지 걸었다.

그런데 골목 끝에서 두 번째 집이 유난히 눈에 띄었다. 그 집은 상점이 아닌 일반 주택으로, 주변에 있는 집들에 비해 훨씬 커 보였다. 어두침침할 뿐만 아니라 왠지 모르게 음산한 분위기까지 물씬 풍기고 있는 집이었다.

그 집은 2층 건물이었다.

일반적으로 2층 건물이라면 창문이 서너 개는 있어야 정상이었다. 그런데 그 집은 웬일인지 창문이 하나도 보이지 않았고, 골목과 접해 있는 벽은 낙서와 얼룩으로 몹시 지저분했다.

더욱 이상한 것은 건물 어디에서도 손질한 흔적을 발견할 수 없다는 점이었다. 입구에는 초인종도 없었고, 문을 두드리는 고리 장식도 보이지 않았다. 심지어는 출입문의 페인트마저 벗겨져 더욱 음침해 보였다.

엔필드가 그 집 앞에서 걸음을 멈추었다.

묵묵히 걷고 있던 어터슨이 무슨 일이라도 있느냐는 듯, 엔필드를 쳐다보았다. 그러자 엔필드가 지팡이로 그 집 뒤뜰 입구를 가리키며 입을 열었다.

"저기에 있는 뒷문을 자세히 보세요."

어터슨이 지팡이가 향하는 곳으로 시선을 돌리며 물었다.

"왜? 저기에 무슨 특별한 것이라도 있나?"

갑자기 목소리를 낮추며 엔필드가 속삭이듯 말했다.

"저 집 뒷문이 이상한 사건과 관계가 있어서 하는 말이에요."

"이상한 사건이라니?"

사건이라는 말에 직업이 변호사인 어터슨도 흥미를 느낀 듯했다.

"지금부터 그 사건에 대한 이야기를 해 드릴게요."

"……?"

마른침을 꿀꺽 삼킨 엔필드가 이야기하기 시작했다. 하지만 썩 유쾌한 내용은 아닌 듯, 그는 미간을 잔뜩 찌푸리기부터 했다.

"새벽 3시쯤이었을 거예요. 무척 추운 날씨였지요."

이야기를 꺼내는 엔필드의 눈꺼풀이 가늘게 떨렸다.

"볼일이 있어서 지방에 다녀오는 길이었어요. 시간도 늦은 데다 날씨가 워낙 추워 거리에는 가로등 불빛만 하얗게 빛날 뿐, 사람이라고는 그림자조차 보이지 않았지요."

"으음……!"

무척 대담한 편에 속하는 엔필드가 몸을 한차례 부르르 떨었다. 그날의 충격이 그만큼 컸다는 반증이었다.

"아시다시피 전 별로 겁이 없는 사람이잖아요. 그런데 그날은 달랐어요. 괜스레 마음이 초조해지고 불안한 것이, 저도 모르게 손가락이 오므라드는 그런 기분이었지요."

"……."

어터슨은 여전히 입을 꾹 다문 채 엔필드가 가리켰던 뒷문에 시선을 고정시키고 있었다.

"가로등이 있다고는 하지만 거리는 어두침침했고, 뚜벅뚜벅 울리는 제 발걸음 소리를 듣고 있자니 마치 유령도시를 걷고 있는 듯한 기분이었어요. 나중에는 순찰 중인 경찰이라도 나타났으면 하는 바람이 생기더라고요."

"흠……!"

그런데 바로 그 순간이었다.

느닷없이 양쪽 골목에서 두 사람의 그림자가 나타났다. 오른쪽에서는 덩치가 작아 보이는 남자가 빠른 걸음으로 불쑥 모습을 드러냈고, 왼쪽에서는 이제 겨우 예닐곱 살이나 되어 보이는 소녀가 달려 나온 것이다.

난생처음 두려움을 느낀 엔필드는 예고 없이 등장한 두 사람이 반갑게 느껴졌다. 그런데 뭐라고 소리를 지르거나 신호를 보낼 새도 없이, 미처 서로 발견하지 못한 두 사람이 정면으로 부딪치고 말았다. 그와 동시에 코흘리개 소녀는 땅바닥으로 고꾸라질 수밖에 없었다.

"저는 당연히 그 남자가 소녀를 일으켜 세워줄 것으로 생각했어요. 사람이라면 누구라도 그렇게 할 테니까요. 그런데 아니었어요. 남자는 쓰러져 있는 소녀를 일으켜 세우기는커녕, 오히려 밟고 지나가더라는 말입니다. 사람이 어쩌면 그럴 수 있는지……."

갑자기 넘어진 데다가 어른한테 짓밟히기까지 한 소녀가 고통스러운 비명을 질렀다. 그런데도 그 남자는 눈 하나 깜짝하지 않았다.

덩치 작은 남자의 행동거지를 고스란히 지켜본 엔필드는 치가 떨렸다. 그래서 자신도 모르는 사이에 소리를 질렀다.

"야, 인마! 거기 서!"

엔필드는 쏜살같이 달려가 아무 일도 없었다는 듯 태연하게 걷고 있는 남자의 뒤통수를 낚아챘다. 때마침 소녀의 비명을 듣고 밖으로 나온 사람들이 하나둘씩 모여들고 있었다.

그런데 뒷덜미를 붙잡힌 남자의 태도는 더 가관이었다.

마치 조용히 지나가는 사람한테 웬 해코지를 하느냐는 듯 날카롭게 째려보는 것이었다. 예상 밖의 반응에 엔필드는 흠칫했다. 게다가 자신을 향한 남자의 눈초리가 소름이 끼칠 만큼 음산했던 것이다.

　"솔직히 무서웠어요. 생전 처음 등줄기에 식은땀까지 흘렸으니까요. 그것도 두려움 때문에……."

　다행히 비명을 듣고 모여든 사람들 중에 의사가 있었다.

　그는 소녀를 꼼꼼하게 살펴보더니 큰 상처는 입지 않았다고 했다. 다만, 너무나 놀라 정신을 잃고 말았다는 것이었다. 그래서 모두들 안도의 한숨을 내쉬었다.

　"그게 뭐 그리 이상하단 말인가?"

　"예?"

　"이 세상에는 그보다 훨씬 더 고약하고 나쁜 사람이 많다는 걸 자네도 잘 알고 있잖아?"

　한참 동안 엔필드의 이야기를 듣고 있던 어터슨이 그다지 대수롭지 않은 일이라는 듯 물었다. 그러자 엔필드가 말을 이었다.

　"지금까지의 이야기는 서막에 불과할 뿐이에요."

　"서막이라고?"

　"예, 제가 그 사건을 이상하게 여기게 된 것은 그다음에 벌어진 일들 때문이니까요."

"……!"

소녀를 살피던 의사의 시선이 남자에게 향했다.

그런데 의사 역시 남자의 얼굴을 확인한 순간 몹시 불쾌한 표
정을 지었다. 주변에 모여든 사람들 역시 마찬가지였다. 물론
그것은 어린 소녀를 밟고 지나간 행위에 대한 분노가 더해진 탓
일 수도 있었다.

소녀가 집으로 옮겨지자 사람들이 그 남자를 비난하기 시작
했다. 어떻게 사람이 그토록 잔인할 수가 있느냐, 당신이 한 짓
을 신문사에 알려 런던 시민 모두가 알게 하겠다, 당신 같은 사
람은 사회적으로 매장당해 마땅하다는 둥 수많은 비난이 일시
에 작은 남자를 향해 쏟아졌다.

하지만 남자는 조금이라도 미안해 하거나 반성하는 기색을
보이기는커녕 입가에 모두를 비웃는 듯한 조소까지 띠면서 돈
을 주면 되지 않느냐며, 얼마를 원하느냐고 으름장을 놓는 것이
었다. 남자의 뻔뻔한 대응에 사람들의 분노는 걷잡을 수 없을
정도가 되어버렸다.

그러나 끝까지 이성을 잃지 않고 있던 의사가 주변을 진정시
킨 다음, 최소한 100파운드 정도는 받아야 소녀가 입은 정신적
인 상처를 보상할 수 있을 것이라고 말했다. 그러자 남자는 잠
시 떨떠름한 표정을 짓더니 까짓것 그렇게 하겠다며 큰소리를

쳤다.

사람들은 하나같이 행색이 남루한 그의 차림새로 보아 거금 100파운드가 있을 리 만무하다고 생각했다. 그래서 그의 집까지 따라가 기어코 그 돈을 받아내자는 결론을 내렸다.

"그 이상한 녀석이 데려온 집이 바로 여깁니다. 저 뒷문으로 들어가더라고요."

무덤덤한 표정으로 이야기를 듣고 있던 어터슨의 눈에 호기심이 반짝 빛났다. 지금까지 엔필드가 한 긴 이야기가 눈앞에 보이는 음산한 집에서 멈추었기 때문이었다.

"그래서?"

"이제야 제 이야기에 구미가 당기시나요?"

"뜸들이지 말고 얘기나 계속해, 이 친구야."

엔필드의 이야기가 이어졌다.

남자는 열쇠를 꺼내 뒷문을 열고는 안으로 들어갔다. 그리고 얼마 지나지 않아 금화 10파운드와 쿠츠 은행 수표 90파운드를 가지고 나왔다. 사람들은 도저히 믿기지 않아 그 수표를 자세히 살펴보았다. 분명히 제대로 서명이 된 진짜 수표였다. 그것도 런던에 사는 사람이라면 누구라도 알 만한 유명 인사의 서명이었던 것이다.

사람들은 그 서명이 가짜일지도 모른다는 생각을 했다. 그래

서 믿을 수가 없다고 하자, 남자는 내일 자신이 직접 은행에 가서 현금으로 바꿔줄 테니 은행 문이 열릴 때까지 같이 기다리자고 당당하게 말했다.

결국 의사와 엔필드, 그리고 아이의 아버지는 남자를 데리고 아이의 집으로 갔다. 그리고 시간이 되자마자 은행 문을 열고 들어섰다. 의사는 단도직입적으로 은행 직원에게 수표가 아무래도 가짜 같으니 확인해 달라고 부탁했다.

그런데 아니었다.

수표는 진짜였던 것이다.

그 순간 엔필드는 묘한 기분에 빠져들었다. 어떻게든 그 고약한 남자를 혼내주고 싶었는데 모든 것이 수포로 돌아가 버리고 말았기 때문이었다. 게다가 더욱 알 수 없는 것은 그 수표에 서명한 사람이 모든 이들에게 존경받는 인물이라는 사실이었다.

그래서 엔필드는 이 고약한 남자가 유명 인사의 약점을 잡고는 그것을 미끼로 돈을 뜯어낸 것이라고 생각했다. 아무리 유명하고, 아무리 많은 사람들의 존경을 받는 사람이라 할지라도 평생을 살아가면서 한 번 정도는 실수할 수도 있을 것이기 때문이었다.

"일이 그렇게 흘러갔다면, 이 집에 그 유명 인사가 살고 있는지만 확인하면 간단하게 해결될 문제 아닌가?"

변호사답게 어터슨이 명쾌한 해결책을 제시했다.

"그렇지요? 바로 그겁니다."

엔필드 역시 곧바로 동의했다.

그의 이야기는 계속되었다.

"잘 아시는 것처럼, 저는 본래 남의 일에 적극적으로 끼어드는 것을 그다지 좋아하지 않는 편이잖아요. 특히 그것이 어떤 특정인의 사생활과 관련이 있을 때는 더더욱 그러해야 한다는 게 내 생활신조니까요."

어터슨이 입가에 엷은 미소를 머금으며 대답했다.

"그야 나도 익히 알고 있지."

"하지만 이번에는 아니었어요."

엔필드가 말을 이었다.

"아무래도 뭔가 엄청난 사연이 숨어 있을 것 같은 예감 때문에 평생을 지켜온 신조까지 내팽개친 채 저 집을 조사하기 시작했지요."

"……!"

엔필드의 예상대로 그 집은 여타의 집과는 다른 구조였다. 쪽문처럼 생긴 뒷문 이외에는 출입구가 없었던 것이다.

게다가 1층에는 창문이 하나도 없었고, 2층에도 골목 맞은편으로 난 작은 창이 세 개 있을 뿐이었다. 어쨌든 그 집은 흉가와 비슷했는데, 사람이 살고 있는 흔적이라고는 그다지 오래되어 보이지 않는 굴뚝 연기 자국뿐이었다.

"아이를 밟고 지나갔다는 남자의 이름은 물어보았나?"

어터슨의 질문에 엔필드가 대답했다.

"그게…… 하이드라고 했던 것 같네요."

이름을 들은 어터슨의 눈빛이 살짝 흔들렸다.

"하이드? 그 사람에 대해 설명을 좀 해주게."

"글쎄요. 한마디로 설명하기가 불가능한 인물이었어요."

하이드라는 사람은 누가 보더라도 성실함과는 거리가 먼 인물형이었다. 눈빛은 마주치기가 두려울 만큼 섬뜩했으며, 목소리 또한 서너 가닥으로 갈라진 것처럼 음산하기 이를 데 없었다.

"그 사람이 뒷문 열쇠를 갖고 있다는 건 확실한가?"

어터슨의 물음에 엔필드가 발끈하며 대답했다.

"제가 언제 엉뚱한 말 하는 거 본 적 있던가요?"

그러자 어터슨이 다독거렸다.

"아, 아니. 자네를 믿지 못해서 하는 말이 아니니 오해는 하지 말게. 사실은 자네가 끝내 말을 하지는 않았지만, 나는 그 수표에 서명한 사람이 누구인지 알고 있다네."

"그래요?"

"그래서 그 사건에 대해 관심이 생긴 거야."

"······!"

"여하튼 지금까지 내게 들려준 이야기는 사실 그 이상도 이하도 아니라고 믿겠네."

"그럼요. 불과 일주일 전에 벌어진 일인걸요."

그것으로 엔필드의 이야기는 끝을 맺었다.

이상한 건물 때문에 잠시 멈추어졌던 산책이 곧 계속되었다.

그리고 두 사람이 발걸음을 돌려 번화가로 나왔을 때는 언제나 그랬던 것처럼 입술이 굳게 닫혀 있었다.

지킬 박사의 이상한 유언장

가슴이 답답했다.

산책을 마치고 집으로 돌아온 어터슨은 기분이 별로 좋지 않았다. 식탁에 앉았지만 입맛도 나지 않았다. 그래서 대강 허기만 채우고는 일어나고 말았다. 자칫하다가는 체할 것만 같았기 때문이었다.

엔필드에게 전해 들은 사건은 자신과 아무런 관련이 없었다. 그럼에도 불구하고 이상하리만치 신경이 쓰였다. 그래서 평상시와는 달리 책상 위에 펼쳐놓은 책이 전혀 눈에 들어오지 않았다.

"그래, 다시 한 번 읽어보자."

혼잣말을 중얼거린 어터슨은 촛대 하나를 들고 서재로 들어갔다. 그리고 금고 깊숙한 곳에 넣어둔 지킬 박사의 유언장을 꺼냈다.

그 유언장은 지킬 박사가 자필로 작성한 뒤 법률적인 효력을 갖게 하려고 친구이자 변호사인 어터슨에게 맡겨둔 것이었다.

지킬 박사의 유언장은 다음과 같은 내용을 담고 있었다.

나는 의학박사이자 법학박사이며, 영국학사원 회원인 헨리 지킬이다.

내가 사망했을 경우, 내가 소유하고 있는 전 재산을 내 친구이자 은인인 에드워드 하이드에게 상속한다.

내가 석 달 이상 행방불명이 되거나, 행선지를 말하지 않고 석 달 이상 집을 비웠을 때도 에드워드 하이드는 내 재산에 대한 모든 권리를 행사할 수 있다.

에드워드 하이드가 내 재산을 상속받았을 경우, 오랫동안 나를 돌봐준 하인들에게 자신이 내키는 만큼 도움을 주는 것 이외에 상속자로서 책임질 일은 아무것도 없다.

어터슨은 지킬 박사의 자필 서명이 뚜렷하게 각인된 유언장을 뚫어지게 바라보았다. 불과 몇 시간 전까지만 해도 어터슨은 하이드가 누구인지 알지 못했다. 그런데 엔필드로부터 하이드라는 사람의 행실이나 생김새를 전해 들은 다음부터 갑자기 마음이 무거워지는 것이었다.

"어쩌면 지킬이 에드워드 하이드라는 사람에게 협박을 받고 유언장을 작성했는지도 몰라. 만일 그렇다면 지킬은 조만간 큰 봉변을 당하게 될 텐데……."

어터슨은 또 한 번 혼잣말을 중얼거리면서 금고를 열어 지킬 박사의 유언장을 제자리에 넣어두었다. 그러고는 곧바로 옷을 갈아입더니 뭔가 빠뜨린 것을 찾으러 가는 사람처럼 캐번디시 광장을 향해 서둘러 걷기 시작했다.

'그래, 어쩌면 래니언은 이 일에 대해 알고 있는 것이 있을지도 몰라.'

캐번디시 광장은 의학의 거리였다.

그곳에는 어터슨의 가까운 친구이자 의학박사로 명성이 자자한 래니언의 집이 있었다. 어터슨이 집 안으로 들어서자 래니언은 늘 그랬던 것처럼 쾌활한 음성으로 반갑게 맞아주었다.

"아니, 어터슨! 연락도 없이 웬일인가? 하여튼 어서 오시게나!"

"그래. 오랜만일세, 래니언!"

래니언이 다소 과장된 몸짓으로 어터슨을 끌어안았다.

처음 만나는 사람의 경우 래니언의 큰 몸짓 때문에 당혹스러

위하는 일도 있지만, 어터슨은 거기에 아무런 가식도 섞여 있지 않다는 사실을 너무나 잘 알고 있었다. 둘은 코흘리개 시절부터 허물없이 지내온 탓에 피붙이와 같이 가까운 사이였기 때문이었다.

"그동안 잘 지냈나?"

래니언이 어터슨의 안부를 물으며 와인 잔을 건넸다.

"나야 런던에서 가장 재미없이 사는 사람으로 낙인찍힌 인물 아닌가?"

두 사람은 와인 잔을 부딪치며 유쾌하게 웃었다.

그렇게 서로의 근황을 확인하며 상당한 시간이 흘렀다. 그러다 어터슨이 가볍게 지나가는 말처럼 입을 열었다.

"여보게, 래니언. 아마도 자네와 내가 헨리 지킬의 가장 오랜 친구겠지?"

"당연하지. 이 세상에서 헨리 지킬과 막역한 사이는 우리 둘뿐일 걸세. 그 친구의 말릴 수 없는 엉뚱함 때문에 가끔 속이 상한 적은 있었지만 말이야."

"그래, 그럴 거야."

"그런데 갑자기 왜 그 친구 얘기를 꺼낸 건가? 그렇지 않아도 요즈음 통 만나지 못해 궁금하던 참이었는데…….."

"그래? 나는 두 사람의 연구 분야가 같아서 자주 만날 거라고 생각했는데, 그게 아니었던 모양이구먼."

"예전엔 그랬었지. 거의 날마다 만났으니까……."

"……."

밝고 쾌활했던 래니언의 얼굴에 갑자기 그림자가 드리워졌다. 어터슨 역시 과거완료형 어법을 쓴 래니언의 얼굴을 찬찬히 바라보며 정색을 했다.

"아마도 10여 년 전이었을 걸세. 지킬이 미치광이 같은 짓을 하기 시작한 게 말이야."

"둘이 만나지 않은 게 10년이나 되었다고?"

"아니, 그런 게 아니라……. 그 녀석의 머리가 이상해지기 시작한 게 그때였다는 말일세. 지킬은 분명히 정상이 아니야."

"으음……!"

어터슨이 깊은 한숨을 내쉬었다.

"물론 지금도 그 친구한테 관심을 갖고는 있지. 좋은 친구였으니까. 하지만 그토록 비과학적인 미친 짓을 그만두지 않는 한, 나는 그 녀석을 다시 보지 않을 생각이라네."

래니언이 무척 흥분한 듯싶었다.

서로의 분야가 너무나 달라 자세한 내용을 알 수는 없었지만, 어터슨은 학문상의 의견 차이로 두 사람 사이가 잠시 소원해진 것이라고 생각했다.

래니언이 어느 정도 진정된 기미를 보이자 어터슨이 물었다.

"그렇다면 지킬의 상속인은 본 적이 있나?"

"상속인이라니?"

"에드워드 하이드라는 사람, 몰라?"

"글쎄, 나는 처음 듣는 이름인데. 하이드가 누구기에 지킬의 상속인이 되었지?"

실망스러운 일이었다.

어터슨은 래니언을 찾아오면서 그라면 지킬 박사에 대한 거의 모든 것을 알고 있을 것이라고 생각했다. 그런데 래니언은 오히려 자신보다 더 아는 게 없었던 것이다.

집으로 돌아온 어터슨은 도무지 잠을 이룰 수 없었다.

시간이 흐를수록 의식은 자꾸만 명료해졌고, 의문이 꼬리에 꼬리를 물어 눈덩이처럼 커졌다. 그리고 그 상념은 계속 지킬 박사의 얼굴과 하이드라는 남자의 뒷모습이 겹쳐져 영화의 마지막 장면처럼 멀어지면서 끝나는 것이었다.

그렇게 뜬눈으로 밤을 지새운 어터슨은 날이 밝자 하이드의 얼굴을 확인하겠다는 결론을 내렸다. 한 번이라도 그 사람의 얼굴을 보게 되면 모든 수수께끼가 풀릴 것만 같았다. 지킬 박사가 무엇 때문에 그 사람한테 쩔쩔매게 되었는지 짐작이라도 할 수 있을 것 같았다.

그날 이후, 어터슨은 틈만 나면 엔필드와 함께 한참 동안 서 있었던 그 막다른 골목으로 향했다. 아침이든 낮이든, 밤이든 새벽이든 여분의 시간을 몽땅 그 이상한 집 뒷문 부근에 투자한 것이었다.

'녀석의 이름이 숨는다는 뜻을 담은 '하이드'라고 했으니까, 나는 밝혀낸다는 뜻의 '시크'가 되는 거야!'

어터슨은 그렇게 다짐하며 하이드라는 남자를 기다렸다. 하지만 그것은 결코 쉬운 일이 아니었다. 수많은 낮과 밤이 지났지만 하이드는 나타나지 않았다.

어터슨은 서서히 지쳐가기 시작했다. 그렇다고 포기하고 싶은 마음은 눈곱만큼도 없었다.

그러던 어느 날, 얼음보다 차가운 겨울바람이 뼛속까지 오그라들게 할 만큼 추운 밤이었다. 골목에는 사람 하나 보이지 않았다. 추위도 그렇고 자정이 다 되어가는 늦은 시간에 상점들마저 모두 닫힌 번화가 뒷골목이었기 때문이었다.

그 이상한 집 뒷문 부근에서 서성거린 지 두 시간이 넘어갈 즈음이었다. 어터슨은 뒤쪽에서 다가오는 누군가의 발걸음 소리를 들었다. 그 순간 어터슨의 육감은 예리하게 작용했다. 그리고 오랜 기다림이 드디어 결실을 얻게 되었다는 결론을 얻을 수 있었다.

하지만 그것도 잠시, 견딜 수 없는 불길함이 뒤통수를 간질였다. 단지 발걸음 소리만 들었을 뿐인데, 눈으로 직접 확인을 하거나 목소리를 들은 것도 아닌데, 어터슨은 견딜 수 없을 만큼 기분 나쁜 예감에 사로잡혔다.

하지만 그는 냉철하기로 소문난 변호사였다.

따라서 그런 예감이 말초신경까지 채 전달되기도 전에 재빨리 몸을 숨겼다. 그 사이에 발걸음 소리는 점점 가까워졌고, 어터슨은 곧 발걸음 소리의 주인공이 누구인지를 확인할 수 있었다.

엔필드의 말대로 남자는 덩치가 작을 뿐만 아니라 행색 또한 초라하기 그지없었다. 하지만, 어둠 속에서 얼핏 스친 그의 얼굴과 눈빛은 소름이 끼칠 만큼 괴기스러웠다. 어터슨은 한 차례 심호흡으로 두근거리는 가슴을 진정시킨 다음 남자의 행동거지를 유심히 살폈다.

막다른 골목 끝자락에 있는 출입문 앞으로 곧바로 걸어간 남자가 주머니에서 열쇠를 꺼냈다. 어터슨은 재빨리 다가가 남자의 왼쪽 어깨를 지그시 누른 다음 입을 열었다.

"혹시 하이드 씨 아닙니까?"

순간 남자의 몸이 움찔했다. 하지만 그는 곧 평정을 되찾은 듯, 뒤도 돌아보지 않은 채 낮은 목소리로 대꾸했다.

"그렇소. 그런데 무슨 일인가요?"

어터슨이 대답했다.

"나는 지킬 박사의 친구 어터슨이라는 사람입니다. 마침 나도 지킬 박사를 만나러 왔는데, 잘되었습니다. 같이 들어가시지요."

순간적으로 또 한 번 움찔한 하이드가 단언했다.

"박사는 지금 집에 없을 겁니다."

"그래요? 외출했다 돌아오는 분이 그걸 어떻게 아십니까?"

"그보다 내 이름을 어떻게 알았소?"

어터슨은 여전히 등을 보인 채 뒷문을 향하고 있는 하이드의 물음에 대답을 하는 대신, 엉뚱한 방향으로 화제를 돌렸다.

"그나저나 얼굴이나 한번 보십시다."

"예?"

처음 만난 사람의 느닷없는 요구에 잠시 머뭇거리던 하이드가 갑자기 몸을 돌리더니 날카로운 눈초리로 어터슨을 쏘아보았다. 어터슨 역시 하이드의 눈길을 피하지 않았다. 두 사람은 마치 금방이라도 싸울 것처럼 서로를 쩨려보고 있었다.

어터슨이 먼저 입을 열었다.

"우리 둘 다 지킬 박사의 친구인 듯싶은데, 서로 얼굴이라도 알고 있어야 하지 않겠소?"

"옳은 얘기요. 그런데 나를 어떻게 알아보았소?"

어터슨은 대답을 하지 않을 수 없었다.

"친구에게 당신에 대한 얘기를 들었습니다."

"친구라니? 누구 말이오?"

"우리 두 사람에겐 오랜 친구가 하나 있지 않습니까?"

하이드는 어터슨이 누구를 말하는지 전혀 짐작이 가지 않는 모양이었다. 그럴 수밖에 없는 것이 둘은 불과 몇 분 전에 처음 만난 사이였기 때문이었다.

"우리의 오랜 친구? 도대체 누구요?"

"헨리 지킬, 당신도 그의 오랜 친구가 아니었던가요?"

화들짝 놀란 하이드가 되물었다.

"지킬 박사가 내 말을 했다는 말이오?"

"그럼 또 누가 있겠소?"

하이드가 갑자기 큰 목소리로 꾸짖듯 말했다.

"예끼! 무슨 그런 거짓말을……. 나는 당신이 정직한 사람인 줄 알았는데, 생사람을 잡고도 남을 거짓말쟁이로군."

"……!"

하이드는 어터슨이 뭐라고 변명을 하기도 전에 뒷문을 열더니 아무 일도 없었던 것처럼 태연하게 집 안으로 사라지고 말았다.

수수께끼였다.

그것도 해결의 실마리를 전혀 찾을 수 없는 이상한 수수께끼였다. 어터슨은 그의 얼굴을 한번 보고 나면 모든 것이 풀릴 것으로 생각했다. 하지만 아니었다. 궁금증이 해소되기는커녕 오히려 더 깊은 미궁 속으로 빠져들고 있었다.

'하이드는 누굴까? 그는 지킬 박사와 어떤 사이일까?'

하이드의 생김새는 엔필드의 말과 완벽하게 일치했다.

창백한 얼굴에 난쟁이와 비견될 만한 작은 키, 그리고 괴기스러운 목소리와 초라한 행색 등이 머릿속에 그리고 있던 그림과 정확하게 맞아떨어졌던 것이다.

어터슨은 하이드가 정상적인 사람이 아니라고 확신했다. 그런데 어디가 어떻게 비정상인지 아리송했다. 거동을 할 수 없을 만큼 몸이 아파 죽겠는데, 진료를 마친 의사는 아무런 이상이 없다고 하는 것처럼 답답하고 곤혹스러웠다.

그러나 다른 무엇보다 어터슨을 혼란스럽게 하는 것은 그에게서 풍기는 지독한 불쾌감과 공포스러운 분위기였다. 몸속 어딘가에 악마의 영혼을 통째로 담고 있는 듯한 하이드의 모습은, 그것을 머릿속에 떠올리는 것만으로도 진저리를 치게 하고 있었다.

한 차례 호통과 함께 유유히 사라지는 하이드의 뒷모습을 망연자실한 표정으로 지켜보던 어터슨은 힘없이 발걸음을 돌렸다. 그리고 지금은 비록 낡고 허름해 지난날의 영광스러웠던 모습을 찾아보기 힘들지만, 한때 런던 최고의 부자들이 살았던 웅장한 저택들이 늘어선 바로 옆 골목으로 방향을 돌렸다.

어터슨은 그 골목의 두 번째 집 앞에 도착해 걸음을 멈춘 다음, 초인종을 눌렀다. 잠시 후, 하인으로 보이는 한 남자가 나와 문을 열어주었다.

"어서 오십시오. 어터슨 선생님."

말끔한 차림의 하인이 어터슨을 향해 허리를 깊이 숙였다. 어터슨 역시 하인의 어깨를 두드리며 인사를 건넸다.

"응, 폴이구먼. 그동안 잘 있었나?"

"네, 선생님."

"그런데 지킬 박사는 있나?"

"잠시만 기다려주십시오. 곧 확인하고 오겠습니다."

폴이라는 이름의 하인은 어터슨을 응접실로 안내한 다음 안쪽으로 들어갔다. 응접실은 지킬 박사의 집에서 가장 아늑한 곳이었다. 그래서 어터슨은 이곳에 올 때마다 많은 시간을 응접실에서 보내곤 했다. 하지만 오늘은 이상하게 마음이 편치 않았다.

'아마도 하이드를 만나고 난 뒤라서 그럴 거야.'

어터슨은 속으로 그렇게 생각하며 폴이 나오기를 기다렸다. 그런데 내실로 들어갔던 폴이 나오더니 지킬 박사가 외출 중이라고 했다. 어터슨은 안도의 한숨을 내쉬었다.

조금 전 하이드는 뒷문으로 들어왔고, 자신은 골목을 한 바퀴 돌아 정문으로 들어왔다. 그런데 지킬 박사가 집에 없다면 최소한 하이드로부터 위해를 당하지는 않았겠다는 생각이 든 것이었다.

"어터슨 선생님, 괜히 헛걸음을 하셨습니다."

폴은 마치 지킬 박사의 외출이 자신의 잘못이라도 되는 것처럼 송구스러워하며 말했다.

"괜찮네, 폴. 그런데 하이드 씨가 아까 지킬 박사의 실험실로 들어가는 것 같던데, 그래도 상관없는 건가?"

"예, 하이드 씨도 실험실 열쇠를 갖고 있답니다."

어터슨이 의외라는 표정으로 말했다.

"그래? 지킬 박사가 그 친구를 무척 신임하고 있는 모양이구면."

"그럼요. 박사님께서는 저희에게 하이드 씨 역시 주인처럼 모시라고 말씀하실 정도거든요."

폴은 혹시 하이드가 들을까 조심스럽다는 듯 낮은 목소리로 대답했다. 그러자 어터슨이 지나가는 얘기처럼 가볍게 말했다.

"지킬 박사와 그토록 가까운 하이드 씨를 내가 왜 그동안 볼 수 없었는지 몰라."

"당연한 일이지요. 하이드 씨는 언제나 실험실만 드나드니까요. 저희도 거의 얼굴을 볼 수 없을 정도랍니다."

"어쨌든 알았네. 그럼 잘 지내게나."

"네, 어터슨 선생님. 안녕히 가십시오."

어터슨은 여전히 답답했다.

하지만 그 감정을 떨쳐내지 못한 채 지킬 박사의 집을 빠져나왔다. 지킬 박사는 한때 방탕한 시간을 보낸 적이 있었다. 그런 생활은 젊은 시절 잠깐의 방황으로 마침표를 찍었지만, 어터슨은 지킬 박사가 그 당시에 잡힌 약점 때문에 하이드에게 꼼짝 못하게 된 것은 아닌가 하고 생각했다.

'그렇다면 나 역시 그런 약점이 없을까?'

어터슨은 자신의 지난 삶을 되돌아보았다. 혹시 자신도 모르는 사이에 다른 사람에게 치명적인 아픔을 겪게 한 적은 없었는지 기억을 더듬어본 것이다. 하지만 없었다. 지금껏 살아오면서 양심에 반한 행동을 한 적은 단 한 번도 없었던 것이다.

'그래서 사람들이 나를 재미없는 인간형의 표본이라고 하는 건가?'

어터슨의 상념은 다시 하이드를 향하고 있었다.

하이드를 조사하다 보면 지금까지 전혀 드러나지 않았던 비밀이 밝혀질지도 모른다는 생각이 들었다. 어터슨은 절친한 친구인 지킬 박사를 하이드로부터 지켜주고 싶었다. 그러기 위해서는 하이드의 정체를 재빨리 파악해야 하는 것이다.

하이드가 지킬 박사의 유언장에 대해 알게 된다면, 이것은 보통 일이 아닐 수 없었다. 그가 지킬 박사의 재산을 하루라도 빨리 상속받으려고 끔찍한 일을 저지를 가능성은 얼마든지 있었다.

'불쌍한 지킬!'

어터슨은 지킬 박사와 하이드의 얼굴을 떠올리며 진저리를 쳤다.

그로부터 보름쯤 지난 어느 날이었다.

어터슨은 지킬 박사에게 저녁 식사 초대를 받았다. 지킬 박사는 가끔 적당한 날을 정해 친구들과 함께 파티를 하곤 했다. 그래서 어터슨은 기꺼이 참석하겠다는 답신을 보냈다. 약속한 시간에 도착해보니 평소에 가깝게 지내던 대여섯 명의 친구들이 모여 있었다.

지킬 박사가 주관한 파티에 참석한 친구들은 하나같이 인격과 학식이 높은 데다가 유명한 사람들이었다. 그리고 모두 술을 좋아해서 모임이 있을 때마다 웃고 떠들고 하다 보면 거하게 취하는 것이었다.

시간이 흘러 파티는 끝났다.

친구들이 하나둘씩 떠나자 어터슨만 남게 되었다. 어터슨은 친구와 마주 앉아 차분하게 이야기를 나눌 기회를 모처럼 갖게 되었다는 생각을 하면서 지킬 박사의 얼굴을 찬찬히 바라보았다. 지킬 박사는 여전히 건강한 모습이었고, 그동안 계속해온 연구에 대한 열정도 전혀 식지 않은 듯싶었다.

"요즘 근황은 어떠한가?"

평소와는 달리 어터슨이 먼저 입을 열었다.

"자네야 직업이 변호사인 만큼 수임한 사건에 따라 일상의 변화도 있을 수 있겠지만, 연구실에 처박혀 있는 나야 어디 그런가? 늘 똑같은 시간들의 연속이라네."

지킬 박사가 대수롭지 않게 대답했다. 하지만 그는 이미 오랜 친구인 어터슨의 속내를 정확하게 꿰뚫고 있었다.

"그보다 나한테 뭔가 할 말이 있는 것 같은데, 그렇지 않은가?"

"으음, 그래. 사실은 그렇다네."

"우리 사이에 뭘 망설이나. 얘기해보시게, 어터슨."

"사실은 얼마 전에 내게 건네준 유언장에 대한 문제 때문인데……."

지킬 박사는 이미 예상하고 있었다는 듯 입가에 가벼운 미소를 머금었다. 그리고 차분하게 말을 이었다.

"우선 유언장을 자네한테 맡겨서 미안하다는 말부터 해야겠네. 하지만 어터슨, 내 주변에 변호사는 자네뿐이잖은가? 게다가 자네는 나를 누구보다 잘 아는 사람이고……."

지킬 박사는 자신에게 무슨 일이 생겨 유언장이 효력을 발생할 시기가 오면 가장 큰 곤욕을 당할 사람이 어터슨이라는 사실을 잘 알고 있다고 했다. 그러더니 갑자기 두 사람의 오랜 친구인 래니언으로 화제를 돌리는 것이었다.

"요즘 래니언과 만나지 않고 있다네. 물론 그것은 학문에 대한 의견 차이 때문이지. 그 친구는 내 학설을 엉뚱한 발상으로 치부하고 있어. 심지어는 황당무계한 것으로 폄하하기까지 했다네."

"그래서 절교를 했다는 말인가?"

"물론 래니언은 훌륭한 학자야. 나도 그 점에 대해서는 충분히 인정하고 있지. 하지만 그 친구는 지나친 외골수야. 게다가 나는 래니언을 학문적인 측면에서 아량이 부족한 학자로 여기고 있다네. 그런 점에서 실망한 것일 뿐이야."

그래서 래니언이 마음을 열고 아량을 넓힌다면 언제든 만날 용의가 있다고 했다. 그러나 어터슨은 오랜 친구 래니언을 향한 지킬 박사의 생각에 동의할 수 없다고 했다.

그리고 유언장 얘기를 다시 꺼냈다.

지킬 박사는 조금 짜증스러운 표정을 지으며 말했다.

"유언장에 관한 얘기라면 이미 나도 알고 있지 않은가? 내가 자네한테 그 유언장을 넘길 때 모든 이야기는 끝난 것으로 알고 있는데…….."

"하지만 지금은 그때와 상황이 많이 달라졌어."

"무엇이 달라졌다는 말인가? 나도 자네도 그때와 그대로인 걸…….."

"그렇지 않네. 내가 하이드라는 사람에 대해서 알게 되었으니까 말일세."

어터슨의 입에서 하이드라는 말이 나오자 지킬 박사의 얼굴이 하얗게 질렸다. 그러더니 지금까지와는 전혀 다른 억양으로 거친 말을 내뱉기 시작했다.

"그 이야기라면 더 이상 듣고 싶지 않네!"

"하지만 지킬! 정말 끔찍한 사건이 있었단 말일세."

"제발 그만 좀 하란 말이야! 자네는 지금의 내 입장을 전혀 모르고 있어. 부탁이네. 나를 좀 가만히 놔두게나."

"……!"

지킬 박사는 제정신이 아닌 듯싶었다.

하이드라는 이름이 등장하면서부터 감정의 기복이 지나치게 심해 보였다. 어터슨은 지킬 박사의 그런 모습에 적이 당황했다. 오랜 세월을 통해 단 한 번도 본 적이 없는 모습이었기 때문이다.

"미안하네, 어터슨. 이런 모습을 보여서……."

"……."

어터슨은 불쾌했다. 마음에 있지도 않은 괜찮다는 말을 하고 싶은 생각도 없었다. 그래서 아무 말도 하지 않은 채 묵묵히 지킬 박사의 다음 이야기를 기다리고 있었다.

"어터슨, 사실 나는 지금 엄청난 곤경에 빠져 있다네. 보통 사람들로서는 상상조차 할 수 없는 일이지. 그런데 문제는 누구에게 도움을 청할 수도, 누군가의 도움을 받을 수도 없다는 데 있어."

어터슨은 드디어 지킬 박사가 마음속 이야기를 하려는 것으로 생각했다. 그래서 더욱 부드러운 어조로 말했다.

"여보시게, 지킬! 자네와 난 오랜 친구가 아닌가? 게다가 자네는 내가 어떤 사람인지 너무나 잘 알고 있지 않나. 더구나 나는 변호사일세. 그 문제가 뭔지는 모르지만, 나랑 같이 힘을 합하면 해결하지 못할 게 뭐 있겠나?"

그러나 지킬 박사는 고개를 절레절레 흔들었다.

"알고 있네. 말하지 않아도 자네의 진심은 충분히 알고 있어. 하지만 이 문제는 자네가 상상하고 있는 것과는 전혀 다른 성질의 것이라네."

"전혀 다르다면 뭘 말하는 것인가?"

"자네는 지금 하이드가 나를 위협하고 있다고 생각하고 있지 않은가? 그런데 아닐세. 나는 지금 당장에라도 하이드를 내쫓을 수 있어. 이건 정말일세. 그리고 또 한 가지, 이건 지극히 내 개인적인 문제일세. 그러니 더 이상 참견하지 말아주게."

지킬 박사의 단호한 태도에 어터슨은 할 말을 잃고 말았다. 게다가 그의 말처럼 그것이 사적인 문제라면, 친구가 아무리 걱정이 되더라도 주제넘게 관여하고 싶은 생각도 없었다.

"알겠네. 정히 그렇다면 더 이상 신경 쓰지 않겠네."

어터슨이 자리에서 일어났다. 그러자 지킬 박사가 어터슨의 손을 잡으며 애원하듯 말했다.

"자네한테 한 가지 부탁이 있어."

"뭔가?"

"하이드는 불쌍한 친구일세. 그래서 나는 그를 도와주고 싶네."

"내게 어떤 부탁을 하려는 건가?"

"그래서 하는 말인데, 내가 만약 저세상으로 가더라도 부디 하이드를 용서하고, 내 상속인으로서 그의 권리를 법률적으로 찾아주었으면 하네. 지금 내가 처한 상황을 속속들이 알게 되면 자네도 틀림없이 모든 것을 이해할 수 있으리라 믿고 있다네."

"여보게, 지킬! 하이드는 끔찍한 일을 저지른 사람이야."

"알고 있네. 그래서 이렇게 부탁하는 거 아닌가."

"나보고 그의 친구가 되어달라는 말인가?"

"아닐세. 억지로 좋아해 달라는 말이 아니라, 법률적으로 공정한 대우를 받을 수 있도록 힘써달라는 말이라네."

어터슨은 고개를 끄덕였다.

"알았네. 그렇게 하지."

그 문제라면 지킬 박사의 부탁이 아니었더라도 그렇게 할 것이었다. 만약 하이드에게 죄가 있다면 죗값을 치르게 할 것이었고, 그와는 별개로 지킬 박사의 상속인으로서의 자격은 법률가의 명예를 걸고 지켜주어야 하는 것이 어터슨의 입장이었다.

심야의 살인 사건

어터슨과 지킬 박사가 유언장에 대해 마지막으로 이야기를 나눈 지도 어느새 1년이 가까워지고 있었다. 가을이 저물어가고 있던 10월의 어느 날, 평화롭기만 하던 런던을 발칵 뒤집어놓을 만한 살인 사건이 일어났다.

그 사건으로 인해 사람들은 외출을 꺼리게 되었고, 날이 어두워지면 눈에 띨 만큼 거리는 한산해졌다. 그런 와중에도 사람들이 서너 명만 모이면 그 사건에 대해 여러 가지 추측들을 쏟아놓곤 하는 바람에 사건의 끔찍함은 더욱 부풀려져 입에서 입으로 전해졌다.

템스 강가에 혼자 사는 젊은 여자가 있었다.

그 여자는 언제나 밤 11시가 되면 잠자리에 들곤 했는데, 그날 역시 비슷한 시간이 되어 침실이 있는 2층으로 올라갔다. 그리고 방 안 공기를 환기시키기 위해 창문을 열었다.

평상시 같으면 뿌연 안개가 자욱할 시간이었다.

하지만 그날은 안개 대신 커다란 보름달이 얼굴을 내밀어 아름다운 템스 강가를 환하게 비추고 있었다. 여자는 잠시 창밖으로 눈을 돌렸다.

강가를 따라 한가롭게 산책을 하는 신사 한 명이 보였다.

신사는 멀리에서도 확연히 드러나 보일 만큼 백발이 성성한 노인이었다. 그리고 그 맞은편에서는 몸집이 작아 보이는 남자가 급한 일이라도 있는 것처럼 달리듯 다가오고 있었다.

곧 두 사람은 마주쳤고, 서로 인사를 한 뒤 이야기를 나누기 시작했다. 여자는 물론 그 소리를 들을 수 없었지만, 덩치 작은 남자가 백발의 신사에게 길을 묻는 것 같았다. 때마침 그의 얼굴이 달빛 쪽으로 향했다. 그 순간 여자는 화들짝 놀랐다.

'어? 저 사람은 하이드라고 했던 바로 그 사람이잖아?'

여자는 하이드의 얼굴을 본 적이 있었다.

떠올리기조차 싫을 만큼 괴기한 인상이었기 때문에 여자는 그 얼굴을 확실히 기억하고 있었다. 하이드가 나이 어린 소녀를 밟고 지나가는 바람에 화제가 되었던 1년 전의 그 현장에 여자도 있었던 것이다. 때마침 일이 있어 친척집에 들렀다가 경험한 이상한 사건이었다.

여자는 그날의 끔찍한 기억과 함께 보는 것만으로도 공포심을 느끼게 하는 하이드의 얼굴을 보고는 기분이 몹시 상했다. 그래서 창문을 닫으려는 순간이었다.

'아니? 어떻게 저럴 수가!'

열심히 뭔가를 설명하고 있던 백발의 신사에게 하이드가 지팡이를 휘두르기 시작한 것이었다. 하이드의 느닷없는 공격에 당황한 신사가 재빨리 한 걸음 물러섰다. 그러자 하이드는 화가 난 원숭이처럼 이상한 소리를 지르며 지팡이로 신사의 머리를 후려쳤다.

'오! 하느님……'

여자는 소리를 질러 이웃 사람들을 깨우고 싶었지만, 입이 벌어지지 않았다. 그 순간에도 하이드는 길바닥에 쓰러져 있는 백발 신사를 지팡이로 때리면서 있는 힘껏 짓밟고 있었다.

너무나 충격적인 광경에 넋을 잃은 여자가 경찰을 부른 건 그로부터 두세 시간이 지난 후였다. 하지만 백발 신사는 이미 숨이 멎은 다음이었다. 느닷없는 폭행과 과다 출혈이 그를 죽음에 이르게 한 것이었다.

살인 사건 현장에 도착한 경찰이 주변을 조사하기 시작했다.

부러진 지팡이 한쪽이 길옆에 있었다. 얼마나 강하게 내리쳤는지 단단한 나무로 만든 지팡이가 두 쪽이 나 있었던 것이다. 그런데 손잡이 부분은 발견되지 않았다. 아무래도 하이드가 가져가 버린 듯싶었다.

그리고 사망자의 시체에서는 도금된 회중시계와 지갑이 나왔다. 또한, 우표를 붙인 채 우체통에 넣지 않은 편지 한 통도 발견되었다. 그 편지 봉투의 수신인 부분에는 어터슨의 주소와 이름이 선명하게 적혀 있었다.

이튿날 이른 아침이었다.

경찰 한 명이 어터슨의 집으로 찾아왔다. 경찰은 어터슨을 보자마자 지난밤 사건의 경위를 설명하며 편지를 건네주었다. 어터슨은 당혹스러운 표정으로 편지를 읽었다.

그리고는 경찰과 함께 시체가 보관되어 있는 경찰서로 향했다.

" 이분은 댄버스 커루 경입니다."

어터슨의 말에 경찰은 깜짝 놀랐다.

"아, 아니. 그게 정말입니까?"

"그렇습니다. 다른 사람의 원성을 살 만한 일은 절대로 하지 않을 분인데, 무엇 때문에 이토록 처참하게 사람을 죽였는지 이해를 할 수 없군요."

경찰은 부러진 지팡이 반쪽을 보여주었다.

"목격자의 진술에 따르면, 이분을 죽인 사람은 하이드라는 이름을 가진 자라고 합니다."

이번에는 어터슨이 크게 놀랐다.

"하, 하이드라고요?"

"네. 변호사님께서는 혹시 그자를 알고 계십니까?"

어터슨은 잠시 망설였다.

그 지팡이는 자신이 몇 년 전에 지킬 박사에게 선물한 것이기 때문이었다. 그렇다면 지킬 박사는 선물 받은 지팡이를 하이드에게 주었다는 얘기였다.

"그렇습니다. 그가 살고 있는 집도 알고 있으니 함께 가보도록 하지요."

어터슨은 경찰과 함께 경찰서를 나섰다.

경찰서 문 앞에 걸린 괘종시계가 9시를 가리키고 있었다. 런던 거리는 안개가 짙게 깔려 지척을 분간하기 어려울 지경이었다. 그래서 두 사람을 태운 마차는 거의 점심때가 다 되어 하이드가 살고 있는 집 뒷문 앞에 도착할 수 있었다.

경관이 문을 두드린 지 한참 만에 허리가 절반쯤 구부러진 할머니가 비척거리며 나오더니 문을 열어주었다.

"하이드 씨를 만나러 왔습니다."

할머니는 습관처럼 비굴해 보이는 웃음을 흘리면서 대답했다.

"이걸 어쩐담. 하이드 씨는 지금 외출 중이신데……."

"혹시 지난밤에 들어오지 않았나요?"

경찰이 물었다.

"밤늦게 들어오셨지요. 그런데 한 시간도 지나지 않아 다시 나가셨답니다."

"다시 나가다니요?"

"하이드 씨는 늘 그렇답니다. 어제도 두 달 만에 불쑥 오셨다가 나가신걸요."

경찰이 다시 입을 열었다.

"그렇다면 하이드 씨가 사용하는 방이라도 살펴보겠습니다."

"그건 안 됩니다. 하이드 씨 허락 없이는 누구도 그 방에 들어갈 수 없답니다."

할머니의 대답이 끝나자마자 어터슨이 말했다.

"이분은 런던 경시청의 커맨 경감입니다. 사건이 생겨서 그러니 방을 열어주셔야 합니다."

"하이드 씨가 무슨 잘못이라도 저지른 것처럼 말씀하시는군요."

할머니의 얼굴이 순간적으로 경직되었다.

"그렇습니다. 그 사람은 워낙 성격이 급해 크고 작은 문제를 일으키곤 하지요. 자, 이제 문을 열어주시겠습니까?"

할머니는 어쩔 수 없다는 듯 열쇠를 가져와 하이드가 사용하는 방문을 열어주었다. 하이드의 구질구질한 외모와는 달리 그가 쓰는 방은 무척 화려했다.

갖가지 고급 가구가 벽을 채우고 있었고 바닥에는 값비싼 양탄자가 깔려 있었다. 그리고 커다란 찬장은 질 좋은 포도주와 잘 닦인 은그릇이 가득 채우고 있었다.

하지만 방바닥은 어지럽기 그지없었다. 아무렇게나 벗어 던진 옷가지와 절반쯤 열린 문갑 서랍, 게다가 벽난로에는 서류 뭉치를 태운 재가 볼썽사납게 흩어져 있었다.

커맨 경감은 거기에서 절반쯤 타다 남은 수표책을 꺼냈다. 그리고 출입문 뒤쪽에서는 부러진 지팡이의 손잡이 쪽 절반을 발견할 수 있었다.

살인 사건의 확실한 증거물을 확보한 커맨 경감은 얼굴 가득 환한 미소를 지었다.

"어터슨 변호사님, 이제 더 이상 수사할 필요가 없을 듯합니다. 살인 현장을 직접 목격한 증인에, 이처럼 확실한 증거까지 있으니 말입니다. 이제 그 하이드라는 자를 체포하는 일만 남았습니다."

하지만 하이드는 잡히지 않았다.

은밀하게 범인을 체포하려던 런던 경시청은 하는 수 없이 전국에 수배령을 내렸다. 그러나 하이드는 바람처럼 사라져 버렸다. 그래서 살인 사건이 일어난 이후 그를 보았다는 사람조차 찾을 수 없었다.

댄버스 커루 경이 하이드에게 살인을 당한 지 며칠 후, 어터슨은 지킬 박사의 집을 찾아갔다. 하인 풀의 안내를 받은 어터슨은 정원을 지나 실험실로 불리는 건물 안으로 들어섰다.

실험실은 전체적으로 어두침침했다.

건물 전체의 창문이 세 개뿐이었기 때문이었다. 게다가 실험실 내부는 쓰임새조차 짐작하기 어려운 갖가지 기구들이 어지럽게 널려 있었다. 지킬 박사는 활활 타고 있는 벽난로 앞에서 환자처럼 초췌한 얼굴로 어터슨을 맞이했다.

"어서 오시게, 어터슨."

지킬 박사의 목소리는 그 어느 때보다 기운이 없었다.

"댄버스 커루 경 피살 사건은 알고 있나?"

어터슨이 아무런 감정도 실리지 않은 건조한 말투로 물었다.

"신문을 보지 않아도 알 수 있을 만큼 시끄러운 사건 아닌가."

"그래, 그렇다네."

지킬 박사는 여전히 침울한 표정이었다. 어터슨은 그런 지킬 박사를 똑바로 바라보며 말했다.

"나는 변호사라는 직업을 가진 사람이네."

"알고 있네."

"그래서 한 가지 분명하게 짚고 넘어가야 할 일이 있어."

"……?"

"내가 자네의 법률적인 대리인인 것처럼, 처참한 모습으로 세상을 떠난 댄버스 커루 경도 내 의뢰인이야."

"아, 그런가?"

"따라서 나는 그 어느 때보다 냉정한 시각으로 이 사건을 처리할 걸세."

"당연히 그러겠지."

어터슨이 지킬 박사를 향해 얼굴을 가까이 들이밀며 말을 이었다.

"나는 자네가 아직 하이드라는 사람을 숨겨줄 정도로 이성이 마비되지는 않았을 거라 믿고 싶네."

지킬 박사가 긴 한숨을 내쉰 다음에 대답했다.

"어터슨, 맹세하건대 나는 그를 숨겨두지 않았네."

"그래?"

"게다가 그와의 모든 인연을 끊었다네. 그러니 걱정하지 말게나."

어터슨은 지킬 박사의 말에 어느 정도 안심이 된다는 듯 한결 부드러운 목소리로 말했다.

"잘했네. 자네를 위해서도……. 하지만 재판을 하게 되면 자네의 이름이 오르내릴 텐데, 괜찮겠나?"

"어쩔 수 없지. 그보다 한 가지 상의할 일이 있네."

"얘기하게나."

"실은 내가 얼마 전에 편지 한 통을 받았는데, 그걸 경찰서에 넘겨야 할지 말아야 할지 망설이는 중이라네. 이런 문제에 대해서는 자네가 전문가 아닌가. 그래서 자네의 의견을 알고 싶어."

"그 편지를 한번 보여주게나."

지킬 박사는 뒤쪽 서랍에서 편지 한 통을 꺼내 어터슨에게 주었다.

어터슨은 접힌 편지지를 펴보았다. 그다지 길지 않은 편지는 비뚤비뚤한 이상한 글씨체로 쓰여 있었으며, 끝 부분에는 에드워드 하이드라는 서명도 보였다.

헨리 지킬 박사님.

그동안 저에게 베풀어주신 은혜 감사합니다.

하지만 저는 은혜에 보답하기는커녕 폐만 끼쳤습니다.

이제 저는 떠납니다.

그러니 이제 저에 관한 걱정은 하지 마시기 바랍니다.

저도 저 나름대로 살아나갈 길이 있습니다.

안심하십시오.

거듭 감사의 말씀을 드립니다.

편지를 다 읽은 어터슨은 지킬 박사에서 봉투를 보고 싶다고 했다. 그러자 지킬 박사는 우체국 소인이 찍혀 있지 않아 태워 버렸다고 대답했다. 누군가 직접 집 안에다 던져놓고 간 모양이었다.

"이 편지를 가지고 가서 자세하게 살펴봐도 괜찮겠나?"

"그렇게 하게. 그 대신 내가 어떻게 하면 좋을지 알려주었으면 하네."

"알았네."

어터슨은 지킬 박사의 실험실에서 나왔다. 밖에서 기다리고 있던 하인 폴이 대문 앞까지 배웅을 나왔다. 어터슨이 폴에게 물었다.

"폴, 혹시 편지를 가지고 온 사람 보지 못했나?"

"편지라니요?"

"최근에 편지 온 것 없었어?"

"한 통이 있기는 했지만, 그건 어떤 상점이 개업한다는 안내장이었습니다. 그 이외에 다른 편지는 없었는데요."

폴의 이야기는 어터슨에게 또 다른 의문을 던져주었다. 그 편지가 밖에서 들어온 것이 아니라면, 그건 분명 실험실 안에서 쓰여진 것이기 때문이었다.

'도대체 뭐가 뭔지 감을 잡을 수가 없어.'

집으로 돌아온 어터슨은 하인에게 변호사 사무실 서기로 일하고 있는 게스트를 불러오게 했다. 게스트는 오랜 세월 함께 일한 사이이기 때문에 믿을 만한 사람이었다. 게다가 그는 필적 연구가이기도 했다.

게스트가 도착하자 어터슨이 조심스럽게 입을 열었다.

"내가 자네를 부른 건, 댄버스 경 사건 때문이라네."

"아, 그렇습니까?"

"그 사건에 대한 자네의 의견을 듣고 싶어서 부른 거야."

"참으로 불행한 일입니다. 그토록 훌륭한 분이 살해되다니……. 항간에 범인은 정신이상자일 거라는 소문이 돌고 있습니다."

"그래? 그건 그렇고, 나는 지금 그 사건의 범인이 쓴 편지를 갖고 있네. 아직은 그 편지를 어떻게 해야 할지 판단을 유보하고 있지. 그런데 그전에 자네가 그 편지를 보고 필적감정을 해 주게."

어터슨이 게스트에게 편지를 건네주었다. 게스트는 꼼꼼하 게 그 편지를 살펴보기 시작했다. 그리고 몇 차례 고개를 갸웃 거리더니 한참 만에 입을 열었다.

"글씨체가 이상하기는 하지만, 이건 정신이상자가 쓴 편지가 아닌데요?"

"그래?"

"누군가 일부러 글씨체를 변형해서 쓴 겁니다."

그때 하인이 편지 한 통을 들고 들어왔다. 어터슨이 봉투를 뜯어 편지를 읽었다. 그러자 봉투를 한참 동안 쳐다보던 게스트 가 물었다.

"그 편지는 지킬 박사님이 보낸 거 아닙니까?"

"그렇다네. 저녁 식사에 초대하고 싶다는구먼. 한번 보겠는 가?"

"네, 그러지요."

게스트는 두 장의 편지를 탁자 위에 나란히 펼쳐놓더니 같은 글씨를 하나씩 비교하기 시작했다. 그리고 뭐가 미심쩍은지 자 꾸만 고개를 갸웃거리는 것이었다.

"왜 그러나?"

"아무래도 이상합니다."

"뭐가 이상하다는 말인가?"

"이 두 장의 편지는 동일인이 쓴 겁니다. 다만, 범인이 보냈다는 그 편지를 쓰면서 일부러 글자의 획을 이상하게 변형시켜 놓았군요."

"같은 사람이 쓴 편지가 확실한가?"

"그럼요, 자신할 수 있습니다."

어터슨은 게스트에게 사건이 해결될 때까지 편지에 대해서는 함구하라고 지시했다. 아무리 생각을 해봐도 살인범을 위해 가짜 편지를 쓰고, 가장 친한 친구까지 속이려 드는 지킬 박사의 속내를 알 수가 없었다.

래니언 박사의 갑작스러운 죽음

 살인 사건이 일어난 지 상당한 시간이 흘렀다.

 아직 범인은 체포되지 않았다. 사건의 정황으로 보았을 때 범인은 하이드가 분명한 것으로 보였다. 하지만 경찰은 그를 찾아낼 실마리조차 건지지 못하고 있었다.

 런던 경시청에서는 결국 살인범 하이드의 검거에 천 파운드가 넘는 거액을 포상금으로 내걸었다. 누구든 범인을 잡는 데 공을 세우면 포상금을 지급하겠다는 것이었다.

 하이드는 사건이 일어난 이튿날 잠시 집에 들른 뒤, 바람처럼 종적을 감추어버렸다. 마치 이 세상에 태어나지 않은 사람처럼 흔적조차 남기지 않고 사라져버린 것이다.

WANTED

변호사로서가 아닌 자연인 어터슨은 하이드의 잠적이 잘된 일인지도 모른다고 생각했다. 댄버스 커루 경의 죽음은 안타깝고 불행한 일이었지만, 친구인 지킬 박사가 그 사건으로 인해 하이드와 인연을 끊을 수 있게 되었기 때문이다.

게다가 살인 사건 이후로 지킬 박사는 답답한 실험실을 벗어나 밝은 모습으로 친구들과 어울리곤 했다. 게다가 틈만 나면 여기저기 봉사 활동도 다녔다. 어터슨이 보기에 지킬 박사는 그어느 때보다 행복한 시간을 보내고 있다는 생각이 들었다.

새해가 밝고 얼마 지나지 않은 1월 8일, 어터슨은 지킬 박사로부터 저녁 초대를 받았다. 기쁜 마음으로 달려가 보니 래니언 박사도 와 있었다. 무려 10여 년 만에 삼총사가 모인 것이었다.

세 사람은 모처럼 젊은 시절로 돌아가 즐거운 시간을 보냈다. 지킬과 래니언의 신경전도 없었다. 두 사람 모두 학문에 대한 이야기는 꺼내지 않았기 때문이었다.

그리고 며칠 후의 일이었다.

어터슨은 살인 사건의 참고인으로 지명된 지킬 박사에게 조언을 하려고 그의 집을 찾아갔다. 하지만 지킬 박사를 만날 수 없었다. 이틀이 지나고 나서 다시 가보았지만 만날 수는 없다고 했다.

하인 폴은 마치 자신의 잘못인 양 머리를 긁적이며 말했다.

"어찌 된 일인지 실험실에서 나오지를 않고 계십니다. 방 안에서 아무도 만나지 않겠다는 말만 반복하고 있어요."

어터슨은 아무래도 이상하다는 생각을 지울 수가 없었다. 그래서 그 이후로도 거의 두 달에 걸쳐 지킬 박사의 집을 방문했다. 하지만 단 한 번도 만날 수 없었다. 견디다 못한 어터슨은 래니언 박사가 살고 있는 집으로 발길을 돌렸다.

어떤 상황에서도 침착함을 잃지 않던 어터슨이었다. 그런데 래니언 박사의 집 안으로 들어선 어터슨은 하마터면 정신을 잃을 뻔했다.

"아니, 래니언!"

"……."

"도대체 이게 어찌 된 일인가?"

불과 두 달 전 지킬 박사의 집에서 저녁을 먹을 때까지만 해도 누구보다 건강해 보였던 래니언이었다. 그런데 겨우 그 두 달 사이에 래니언은 완전히 다른 사람으로 변해 있었다.

얼굴은 백지장보다 더 창백했고, 그 많던 머리숱은 뭉텅뭉텅 빠져 몇 가닥 남아 있지 않았다. 게다가 두 달 전에 비해 몸무게가 절반도 나가지 않을 만큼 잔뜩 말라 있었다.

그러나 무엇보다 충격적인 것은 공포에 떨고 있는 래니언 박사의 눈빛이었다. 그의 눈빛은 마치 맹수를 눈앞에 둔 사람처럼 불안과 초조함에 흔들리고 있었고, 가끔은 넋을 잃은 듯 멍한 표정으로 아무것도 없는 천장을 두리번거리기도 했다.

"도대체 무슨 일이 있었느냔 말일세, 래니언!"

어터슨의 채근에 래니언 박사가 가까스로 입을 열었다.

"여보게, 어터슨. 아무래도 내 목숨이 얼마 남지 않은 듯싶네."

"그건 또 무슨 말인가?"

"나는 이미 치료가 불가능한 상황이 되어버렸어."

"다른 사람도 아닌, 영국 최고의 의사가 그게 가당키나 한 말인가?"

"사람한테는 한계가 있다네. 그런데 나는 그 한계를 벗어난 쇼크를 받고 말았어. 그러니 죽을 수밖에……."

어터슨은 모든 것을 포기한 듯한 래니언의 말이 더 걱정스러웠다. 그래서 화제를 돌리기 위해 지킬 박사 얘기를 꺼냈다.

"지킬도 아픈 모양이더구먼. 혹시 자네도 알고 있었나?"

"지킬? 내 기억에서 그 이름은 이미 오래전에 지워버렸다네. 그러니 다시는 내 앞에서 언급하지 말게."

"두 사람 사이에 무슨 일이 있었는지 모르지만, 평생을 같이 해온 친구 사이에 그럴 수는 없지 않은가? 래니언, 내가 도울 일은 없을까? 어떻게든 내가 온 힘을 다해보겠네."

"우리 사이가 버그러진 것도, 내가 이렇게 되어버린 것도, 모든 것이 다 지킬 때문이라네. 그러니 궁금한 것이 있으면 그 녀석한테 가서 물어보게나."

"하지만 그 친구는 지금 아무도 만나지 않고 있다네."

"당연히 그러겠지. 절대로 만날 수 없을 거야."

"그건 또 무슨 말인가?"

"미안하지만 난 지금 몹시 피곤하다네. 지킬에 대한 이야기는 물론, 그 녀석을 떠올리는 것조차 진절머리가 나……."

"래니언……!"

"이제 그만 돌아가게나, 친구. 배웅하지 못함을 용서하시게."

어터슨은 그렇게 쫓겨나듯 래니언의 집에서 나왔다.

도무지 이해할 수 없는 일들이 벌어지고 있었다. 지킬 박사에게도, 래니언 박사에게도……. 그리고 두 친구에게 벌어진 이상한 사건은 자꾸만 자신을 옭아매려 하고 있었다.

집으로 돌아온 어터슨은 곧바로 지킬 박사에게 편지를 보냈다. 자신을 만나려 하지 않는 이유는 물론, 모처럼 즐거운 시간을 함께했던 래니언과 갑자기 인연을 끊은 이유를 충분히 납득할 수 있도록 설명해줘야겠다는 내용이었다.

그리고 이튿날 점심 무렵 지킬 박사로부터 답신이 왔다. 비교적 감상적인 문투의 편지였는데, 내용을 파악하기 힘든 문구도 섞여 있었다.

내 오랜 벗, 어터슨에게

우선 여러 가지로 불편을 끼친 점, 진심 어린 사과의 말을 전하고 싶네.

내가 왜 자네를 만나주지 않느냐고 물었지?

나는 앞으로 누구도 만나지 않고 살 작정이라네.

그러니 앞으로도 나를 만날 수는 없을 걸세.

너무 서운하게 여기지 말게나.

내가 자네를 만나지 않는다고 해서 우정까지 없어진 건 아니니까.

그리고 래니언과의 절교에 대해 물었지?

학문적인 면에서 그 친구와의 오랜 갈등은 새삼스러운 것이 아니네.

그러니 어쩔 수 없는 일이지.

나아가 나 역시 인연을 끊겠다는 래니언의 의견에 동의하고 있다네.

아쉽지만 돌이킬 수 없는 일로 치부해주시게.

사랑하는 친구, 어터슨.

나는 얼마 전 엄청난 죄를 짓게 되었다네.

그래서 지금 그 대가를 치르고 있는 중이지.

내 삶에 이토록 무거운 짐이 얹힐 것이라고는 짐작조차 하지 못했다네.

하지만 모든 것을 고스란히 받아들일 작정이네.

사랑하는 어터슨.

나의 이런 고통을 조금이라도 덜어주고 싶다면…….

만약에 그렇다면 자네가 할 수 있는 일은 오직 한 가지뿐이라네.

그것은 바로 나의 침묵을 존중해주는 것이네.

편지를 읽고 난 어터슨은 더욱 혼란스러웠다.

불과 얼마 전까지만 해도 누구 못지않게 건강했던 래니언은 병석에 누워 있었다. 그리고 하이드에게 벗어난 지킬은 모처럼 행복한 나날을 지내다 갑자기 세상과의 절연을 선언하고 있는 것이었다.

그런데 더더욱 놀라운 일이 벌어졌다.

그로부터 일주일 뒤 래니언이 세상을 떠나고 말았다는 사실이었다. 평생을 함께해온 친구를 잃은 슬픔은 이만저만 큰 것이 아니었다. 어터슨은 넋을 반쯤 잃은 채 사랑하는 친구가 저세상으로 떠나면서 남기고 간 편지를 집어 들었다.

수신인 부분에 '어터슨 변호사'라는 글씨가 큼지막하게 써진 큰 봉투를 열자 중간 크기의 봉투 하나가 나왔다. 어터슨은 그 봉투에 쓰인 내용을 읽어보았다.

어터슨 변호사 이외의 사람은 이 편지를 개봉할 수 없다.
만일 어터슨이 죽은 이후에 전달되었을 경우, 이 편지는 개봉하지 않은 상태에서 태워버려야 한다.

어터슨은 조심스럽게 봉투를 열었다. 그 안에는 또 하나의 작은 봉투가 들어 있었다. 그리고 거기에는 이런 글귀가 쓰여 있었다.

내 친구 어터슨!
이렇게 먼저 떠나는 나를 용서하시게.
그리고 이 봉투는 지킬이 죽거나 행방불명된 이후에 뜯어야만 하네.
내 부탁, 명심하기 바라네.

이해할 수 없는 내용에 당혹스러워진 어터슨은 몇 차례나 거듭해서 읽어보았다. 거기에는 분명히 죽음과 행방불명이라는 말이 쓰여 있었다. 그것은 지킬 박사의 유언에 있는 내용과도 일치했다.

이상한 일이었다.

두 사람이 절교를 선언할 만큼 사이가 나빠졌음에도 불구하고 일상용어도 아닌 단어를 동시에 사용한 것은 절대로 우연한 일이 아니라는 생각이 들었다. 거기에는 반드시 그럴 만한 까닭이 있을 것이었다.

어터슨은 당장 그 편지를 뜯어보고 싶었다.

하지만 세상을 떠난 친구의 부탁을 무시할 수는 없었다. 게다가 그는 변호사였다. 궁금함 때문에 며칠 밤을 지새우게 된다 할지라도 그 편지를 금고 속에 넣는 것이 당연한 처사였다.

래니언의 죽음과 함께 어터슨이 우울한 나날을 보내고 있던 어느 일요일이었다. 오후가 되자 언제나 그랬던 것처럼 어터슨과 엔필드는 산책길에 나섰다. 워낙 큰 슬픔을 경험한 탓인지 어터슨의 걸음걸이에 흔들리는 듯한 느낌이 있었다.

한참 동안 말없이 걷고 있는 사이에 두 사람은 하이드가 사용했던 뒷문 앞에 도착했다. 그 앞에서 걸음을 멈춘 엔필드는 그 당시의 일들이 새삼스레 떠오르는 듯 낮은 목소리로 말했다.

"아직까지 잡히지는 않았지만, 이제 모든 것이 끝난 셈이지요? 하이드라는 사람과 관련된 것들 말입니다."

"글쎄, 그랬으면 오죽이나 좋겠는가."

"신문 보도를 보면 경시청 수사가 진척을 보이지 않고 지지부진해, 내부적으로는 포기한 게 아닌가 하는 느낌이 강하던데요?"

"유명 인사의 생명을 빼앗은 사람인데 수사를 그렇게 빨리 종결하지는 않을 걸세. 그나저나 하이드라는 친구, 인상이 무척 고약하긴 하더구먼!"

"만난 적이 있었나요?"

"내가 전에 말하지 않았었나?"

"누구든 그 사람을 그렇게 얘기했을 거예요. 참, 그때까지만 해도 나는 저 뒷문이 지킬 박사님 집으로 통하는 샛문이라는 사실을 몰랐었지요. 지킬 박사님 서명이 된 수표를 보고도 왜 그 생각을 하지 못했는지……."

"여보게, 리처드. 우리 골목 저편으로 가서 지킬 박사네 집 창문이나 좀 살펴보세나. 그 친구가 얼굴을 보여주지 않아 내 마음이 여간 불편한 게 아니라네."

"여기까지 왔는데, 그러시지요."

겨우 두 사람이 비켜설 수 있는 좁은 골목을 따라 한참을 걸어가니 지킬 박사의 실험실 창문이 보였다. 게다가 다행스럽게도 창문 세 개 중 하나가 절반쯤 열려 있었다.

"어? 지킬 박사님 모습이 보이는데요!"

앞장섰던 엔필드가 작은 목소리로 말했다.

"그게 정말인가?"

어터슨은 고개를 들어 창문을 바라보았다.

말할 수 없이 초췌한 모습의 지킬 박사가 멍한 표정으로 노을이 물들기 시작하는 허공을 응시하고 있었다. 워낙 반가운 마음이 앞서 체면도 잊은 어터슨이 큰 소리로 외쳤다.

"여보게, 지킬! 나 어터슨일세!"

곧 힘없는 목소리가 들려왔다.

"아, 어터슨!"

"그래, 몸은 좀 어떤가? 좋아지고 있기는 한 거야?"

"걱정해줘서 고맙네. 하지만 나는 유감스럽게도 쉽게 치료될수 있는 병을 앓고 있는 것이 아니라네."

"그렇게 집 안에만 처박혀 있으면 없던 병도 생길 걸세. 어떤가, 지킬. 우리랑 같이 산책하지 않겠나? 이 친구는 내 친척 리처드 엔필드라네."

"알고 있어. 인사를 나눈 적이 있지. 하지만 힘이 없어 나갈수가 없다네. 그렇다고 들어오게 할 형편도 아니고……."

지킬 박사의 어깨가 크게 움직였다. 들리지는 않지만 깊은 한숨을 내뱉은 모양이었다. 어터슨은 가슴이 아팠다. 어떻게든 지킬 박사에게 힘이 되어주고 싶었다.

"그렇다면 이렇게라도 얘기를 나누도록 하세나."

"고맙네, 어터슨."

지킬 박사가 쓸쓸한 미소를 머금었다.

그런데 그 미소가 채 가시기도 전에 말로 표현할 수 없을 만큼 고통스러운 표정이 일순간에 지킬 박사의 얼굴 위에 나타났다. 그 모습을 바라보고 있던 어터슨과 엔필드는 온몸에 솜털이 곤두설 만큼 놀랐다.

"여보게, 지킬!"

"······."

하지만 이미 지킬 박사의 모습은 보이지 않았다.

반쯤 열려 있던 창문 역시 굳게 닫혀버렸다. 어터슨은 번개처럼 짧게 스쳐 지나간 모습이었지만, 고통스러워하는 지킬 박사의 표정을 생생하게 볼 수 있었다. 그것만으로도 그가 얼마나 힘든 상황에 처해 있는지 짐작이 갔다.

그리고 며칠이 지난 후, 저녁 무렵이었다. 식사를 마치고 난 뒤 가볍게 와인 한잔을 마시고 있는 어터슨에게 예상치 못한 손님이 찾아왔다.

"어터슨 선생님, 그간 안녕하셨습니까?"

그 손님은 지킬 박사의 집에서 하인으로 일하고 있는 폴이었다.

"어서 오시게, 폴! 갑자기 무슨 일인가?"

어터슨은 문득 걱정부터 되었다. 지킬 박사의 건강 상태를 자신의 두 눈으로 똑똑하게 확인한 적이 있기 때문이었다.

"그, 그게 말입니다."

"그래, 무슨 일이라도 생겼나?"

평소에 말이 없는 어터슨답지 않게 대답을 재촉했다.

"아무래도 선생님께 말씀을 드려야 할 듯싶어서……."

폴은 몹시 불안정해 보였다. 상황을 눈치챈 어터슨이 주방에서 와인 잔 하나를 가지고 왔다. 그리고 잔을 채워주며 말했다.

"우선 마음을 가라앉힌 다음에 천천히 말하게."

하지만 폴은 와인 잔을 쳐다보지도 않았다. 그리고 땅이 꺼질 듯한 한숨을 내쉬더니 떨리는 목소리로 말을 하기 시작했다.

"저는 선생님께서 저희 박사님과 오랜 친구라고 알고 있습니다."

"그렇다네, 폴."

"그러니까 선생님께서는 박사님이 집 안에, 그것도 실험실 안에만 틀어박혀 계신다는 것도 아실 테고요."

"알고 있네."

폴이 고개를 깊이 숙인 채 중얼거리듯 말했다.

"선생님, 저는 그런 박사님이 무섭습니다."

"무섭다니, 그건 무슨 말인가?"

"그냥 무서운 게 아니라, 무서워서 견딜 수가 없습니다."

폴은 몸서리를 치면서 흐느끼고 있었다. 어터슨은 폴을 진정시키려고 어깨를 다독이며 나지막한 목소리로 말했다.

"폴, 그동안 무슨 일이 벌어졌는지 모르겠지만 차분하게 말해보게. 그래야 나도 도움을 줄 수 있을 게 아닌가?"

"박사님의 실험실에서……."

"……!"

"아, 아무래도 피비린내 나는 일이 벌어진 것 같습니다."

"아니, 뭐? 피비린내 나는 일이라니?"

어터슨은 소스라치게 놀랐다.

순간적으로 지킬 박사와 하이드가 실험실 안에서 싸움을 벌였을지도 모른다는 생각이 스쳐 지나갔다.

"저는 어떻게 설명을 드릴 수가 없습니다."

"그러면……?"

"선생님께서는 박사님의 가장 친한 친구이시니까, 저랑 같이 가셔서 확인해주셨으면 합니다. 그 부탁을 드리려고 실례인 줄 알면서도 이렇게 찾아온 것입니다."

"알았네, 지금 당장 가보세나."

어터슨은 곧바로 일어나 외투와 모자를 챙겼다. 그리고 서둘러 걷기 시작했다. 두려움에 떨고 있던 폴은 그제야 마음이 놓이는 듯, 긴 안도의 한숨을 내쉬었다.

초저녁이기는 하지만 바깥 날씨는 매우 추웠다.

3월의 찬바람이 기승을 떨치는 탓인지, 거리에는 사람들의 모습이 거의 보이지 않았다. 어터슨은 불안했다. 자꾸만 밀려드는 불길한 예감이 머리를 어지럽혔다.

종종걸음으로 뒤따르고 있던 폴은 연신 이마에 흐르는 땀을 닦아냈다. 지킬 박사의 실험실이 가까워질수록 땀을 닦는 횟수가 늘어나고 있었다. 그 차가운 봄밤에 더워서 흘리는 땀이 아니었다. 공포심이 내뿜는 진땀이었던 것이다.

대문 앞에 선 폴의 얼굴은 이미 하얗게 질려 있었다.

"선생님, 제발 아무 일도 일어나지 않았으면 좋겠습니다."

"어서 들어가 보세."

대문을 두드리는 폴의 손이 심하게 떨리고 있었다.

집 안에서 인기척이 나더니 폴을 확인한 다음, 출입문을 열었다. 안으로 들어가니 집 안의 촛대라는 촛대에는 모두 불이 켜져 있었다. 응접실 중앙의 난로를 가운데 두고 둥그렇게 서 있는 하인들의 얼굴은 하나같이 공포에 질려 있었다.

"왜 이렇게 여기에 모여 있는 건가?"

"선생님, 다들 무서워서 그러는 것이니 이해해주셨으면 합니다."

폴은 하녀에게 촛불 하나를 달라고 하더니 어터슨에게 따라오라는 눈빛을 보냈다. 두 사람은 그렇게 실험실이 있는 뒤뜰로 걸음을 옮겼다. 폴이 들릴 듯 말 듯 작은 소리로 말했다.

"선생님, 죄송한 말씀이지만 마음을 단단히 다잡아주셨으면 합니다."

"알았네."

"그리고 혹시라도 박사님께서 선생님께 들어오라고 하더라도 절대 들어가시면 안 됩니다."

"실험실 안으로 들어가지 말라는 말인가?"

"그렇습니다. 절대로……."

어터슨은 폴의 말을 이해할 수 없었지만 더 이상 묻지 않았다. 이제 곧 모든 것을 알 수 있게 될 것이기 때문이었다.

죽음을 맞이한 하이드

어터슨은 순간적으로 어린 시절 소꿉장난을 하는 것 같은 기분이 들었다. 장난이 끝나면 모든 것이 제자리로 돌아올 것만 같았다.

하지만 아니었다. 친구 지킬의 고통스러워하는 모습뿐만이 아니라 하인들의 공포에 찬 얼굴도 자신의 두 눈으로 똑똑히 보았기 때문이었다.

실험실 문 앞에 선 폴은 어터슨에게 잘 들어보라는 듯 손가락을 동그랗게 구부려 귓바퀴에 갖다 댔다. 어터슨이 고개를 끄덕이며 집중하는 모습을 확인하고 난 다음, 실험실 문을 두드렸다.

"박사님, 어터슨 선생님께서 오셨습니다."

폴은 다시 한 번 주의 깊게 들어보라는 시늉을 했다. 그와 동시에 실험실 안에서 대답 소리가 들려왔다.

"아무도 만나고 싶지 않네. 그렇게 전해주게."

"알겠습니다, 박사님. 그렇게 전하도록 하겠습니다."

폴의 목소리는 여느 때와 다름없이 공손했다. 하지만 그의 눈빛은 평소와는 달리 공포로 떨고 있었다.

"선생님, 방금 들은 그 목소리 어땠습니까?"

정원을 지나 안채로 되돌아온 폴이 물었다.

"글쎄, 출입문이 가로막고 있어서인지, 평소 지킬의 목소리하고는 상당히 많은 차이가 나던걸?"

"선생님께서도 그렇게 느끼셨나요?"

"자네도 그렇게 들었단 말인가?"

"저는 지난 20년 동안 한결같이 박사님을 모셔왔습니다. 그런 제가 박사님 목소리를 제대로 구분하지 못하겠습니까?"

어터슨이 폴에게 물었다.

"나는 한 마디만 들은 처지라 쉽게 판단할 수 없네만, 자네가 들은 박사의 말투나 억양은 어떻게 생각하는가?"

"아닙니다. 실험실 안에서 들려오는 목소리는 절대로 박사님이 내는 소리가 아니란 말입니다."

폴은 자신의 생각을 확신하고 있는 듯 말을 이었다.

"아마 일주일쯤 전이었을 겁니다. 저는 그날 너무나도 선명하게 '살려줘!'하고 외치는 박사님의 목소리를 들었습니다."

"그때 실험실 안으로 들어가 보지 않았나?"

"박사님께서 무슨 일이 있어도 그 안으로는 들어오지 말라는 엄명을 내리셨거든요. 그래서 어쩔 수가 없었습니다."

"……!"

"저는 그때 박사님이 살해되었다고 생각합니다. 그러니까 지금 실험실 안에 있는 사람은 박사님을 죽인 다음 마치 자기가 박사님인 양 행세를 하고 있단 말입니다."

어터슨이 고개를 저으며 말했다.

"폴, 그건 이치에 맞지 않는 추측일세."

"왜 그렇습니까, 선생님?"

"자네 말대로 누군가가 일주일 전에 지킬을 살해했다면 지금까지 그곳에 있을 이유가 없지 않은가?"

폴이 자신 있게 대답했다.

"옳으신 말씀입니다. 저도 한때는 그렇게 생각했고, 선생님께서도 그렇게 말씀하실 거라 짐작하고 있었으니까요."

"그러면 또 다른 뭔가가 있다는 말인가?"

"그렇습니다."

"그렇다면 얘기해보게."

"실험실 안에 누가 있는지는 모르지만, 그 사람은 지난 일주일 동안 매일같이 어떤 약품을 사 오라는 심부름을 시켰습니다. 약품 이름을 종이에 써서 실험실 문 앞에 던져놓곤 했어요. 물론 박사님도 예전에 가끔 그렇게 하신 적이 있었습니다."

"하지만 폴, 그것만으로 지킬이 살해되었다고 단정할 수는 없네."

"식사 역시 마찬가지입니다. 식사 준비가 되었다고 하면 문 앞에 두라고 하고는, 아무도 없을 때 쥐도 새도 모르게 갖고 들어가 먹어치우고 빈 그릇만 내놓는 겁니다."

"그것 말고 또 다른 특이한 점은 없었나?"

"있었습니다. 이건 약품에 관한 얘기입니다만……."

폴은 지난 일주일 내내 런던 시내에 있는 약품 도매상은 물론, 약품을 생산하는 공장까지 찾아 헤맸다고 했다. 그런데 계속해서 그 약품이 자기가 찾고 있는 게 아니라며 돌려보내더라는 것이었다. 그것도 하루에 서너 번씩 똑같은 일이 반복되었지만 아직까지 그 사람이 찾고 있는 약품은 구하지 못했다고 했다.

어터슨은 뭔가 새로운 단서라도 찾은 듯 폴에게 물었다.

"폴, 혹시 그가 주었다는 쪽지 가지고 있나?"

"여기 있습니다."

폴이 주머니에서 종이 한 장을 꺼내주었다. 어터슨은 그 쪽지를 들고 촛불 옆으로 갔다. 그리고 꼼꼼하게 살피기 시작했다.

그 편지에는 갑자기 약품의 성분이 달라져 자신이 하고 있는
실험에 도움이 되지 않는다며, 예전에 만든 약품을 찾아 보내달
라는 내용이 적혀 있었다.

그리고 값은 얼마가 되어도 상관없다는 말과 함께 반드시 필
요하다는 문구가 반복되어 있었고, 끝 부분에는 지킬 박사의 서
명까지 되어 있었다.

편지를 다 읽은 어터슨이 고개를 갸웃거리며 말했다.

"내용이 조금 이상하기는 하네만, 이건 틀림없는 지킬의 필
체가 아닌가?"

"그렇습니다, 선생님. 하지만 그 정도야 조금만 노력하면 누
구라도 금세 따라 할 수 있는 거 아닙니까?"

"글쎄, 나는 아직 거기까지는 생각해보지 않았네."

"그런데 선생님, 문제는 글씨체가 아닙니다. 가장 중요한 사
실은 제가 그 남자를 보고 말았다는 것이지요."

"그 남자라니? 폴, 자네 지금 누굴 말하려는 건가?"

지금까지 확신에 찬 얘기를 계속하던 폴이었다. 그러던 폴의
얼굴이 갑자기 핼쑥해졌다. 그리고 몸을 한차례 부르르 떨더니
가까스로 입을 여는 것이었다.

"불과 며칠 전 일입니다. 그때 저는 새싹이 돋아나려 하는 정

원의 나뭇가지들을 손질하고 있었답니다."

새싹이 잘 자라게 하려고 마른 나뭇가지들을 꺾어내고 있던 폴은 갑자기 이상한 느낌이 들어 실험실 건물 안으로 들어가 보았다. 그런데 얼굴을 복면으로 가린 어떤 사람이 실험실 앞에 있는 쓰레기통을 마구 뒤지고 있는 것이었다.

깜짝 놀란 폴이 소리를 치려던 순간 그 남자도 폴을 보게 되었고, 그와 동시에 계단을 뛰어 올라가 지킬 박사의 실험실 안으로 들어가더니 문을 잠가버렸다. 아주 짧은 순간 그 남자를 보았지만, 폴은 머리카락이 꼿꼿하게 일어설 만큼 공포감을 느꼈다.

"저는 지금도 그 섬뜩한 얼굴이 잊히지 않습니다. 날마다 잠을 이룰 수 없을 지경이랍니다."

어터슨이 고개를 끄덕였다. 그리고 입을 열었다.

"이상한 일이기는 하네만, 이렇게 생각해볼 수 있지 않겠나?"

"어떻게 말입니까?"

어터슨은 지킬 박사가 어떤 무서운 병에 걸렸을 수도 있다고 했다.

그 고통 때문에 목소리도 바뀌고, 생김새도 바뀌었는지 모른다는 것이었다. 그래서 복면을 쓰게 되었을 테고, 치료에 필요

한 약을 구하기 위해 그토록 애를 쓴 거라는 말이었다.

"그러니까 지킬 박사는 자네 짐작처럼 살해당한 것이 아닐 수도 있어."

폴은 머리를 가로저었다.

"하지만 선생님, 그 사람은 분명히 박사님이 아니었습니다. 사람이 아무리 무서운 병에 걸린다 해도 몸집이 일주일 만에 절반으로 줄어들 수는 없지 않겠습니까? 그 남자는 키가 난쟁이만 했다니까요!"

"폴……."

"선생님, 죄송한 말씀이지만 저는 그 사람이 범인이라고 확신하고 있습니다. 박사님은 분명 살해되었단 말입니다."

어터슨은 더 이상 뭐라고 할 말이 없었다. 그리고 논리적으로 앞뒤가 맞지 않은 듯하면서도 딱히 틀린 부분도 없는 점 때문에 단호한 결정을 내릴 수밖에 없었다.

"좋네, 폴! 나는 아직 지킬이 살아있다고 믿네만……."

"네, 선생님!"

"20년 동안 지킬을 보필한 자네가 그토록 주장을 하니 실험실 문을 부수고서라도 확인을 해보는 게 옳을 듯싶네."

"감사합니다, 선생님."

폴은 처음부터 그 말을 듣고 싶었던 것 같았다.

아니, 어쩌면 어터슨의 집을 찾아올 때부터 기어코 그렇게 하고야 말겠다는 결심을 했는지도 모를 일이었다.

마음을 결정한 어터슨이 비장한 표정으로 물었다.

"그런데 어떻게 문을 부수지?"

"실험실 건물에 도끼가 있습니다. 제가 그 도끼로 출입문을 찍어낼 테니 선생님께서는 몽둥이를 들고 계시다가 혹시 일어날지 모르는 불상사에 대비하십시오."

"알았네. 그렇게 하지. 그런데 폴, 지금 우리가 하려는 일이 얼마나 위험한지는 알고 있나?"

"충분히 알고 있습니다, 선생님. 하지만 박사님의 생사를 한시바삐 확인하는 것이 제게는 훨씬 더 중요합니다."

"그래, 내가 20년 동안 보아온 자네라면 그러고도 남지. 그런데 자네는 그 남자가 누구일 거라고 생각하나?"

"워낙 순간적으로 일어난 일이라 누구라고 단정하기는 어렵습니다만, 제가 보기에 그 사람은 틀림없는 하이드였습니다. 몸집도 동작도……. 게다가 박사님의 실험실을 자유롭게 드나들 수 있는 사람은 이 세상에 하이드뿐이었습니다."

"으음, 그런가?"

어터슨 역시 하이드를 떠올리고 있었다.

하이드를 제외한 그 어떤 사람도 지킬 박사를 해코지할 아무런 이유가 없었기 때문이었다.

"그런데 선생님께서는 하이드를 본 적이 있으신가요?"

"뒷문 앞에서 잠깐 얘기를 나눈 적이 있다네."

"그렇다면 선생님께서도 잘 아시겠군요. 그 사람이 풍기는 소름끼치는 끔찍한 분위기 말입니다."

"기왕에 결심한 일이니 당장 시작하세나. 자네는 얼른 가서 브래드쇼를 불러오게."

브래드쇼는 지킬 박사네 집에서 고용살이하는 마부였다.

어터슨이 브래드쇼를 향해 명령하듯 말했다.

"지금부터 나와 폴은 지킬의 실험실 문을 부술 걸세. 우리가 실험실 안으로 들어가는 와중에 만약 지킬이 아닌 다른 사람이 그곳에서 뛰쳐나와 뒷문으로 도망가려 하면 무슨 수를 써서라도 막아야 하네. 그러니 몽둥이를 든 채 정신 똑바로 차리고 있어야 해!"

"알겠습니다, 선생님!"

어터슨과 폴은 발소리를 죽이며 실험실 앞으로 다가가 안에서 나는 소리에 귀를 기울였다. 실험실 안에서 하릴없이 오락가락하는 발소리가 들려왔다.

"종일토록 저렇게 왔다 갔다만 하고 있습니다."

"……!"

"주문한 새 약품을 가져다준 직후와 잠자는 시간을 제외하면 한 번도 멈춘 적이 없었어요. 선생님, 저 소리가 어떻게 박사님 걸음걸이란 말입니까?"

어터슨은 더욱 집중해서 발걸음 소리를 들어보았다.

폴의 말대로 그것은 지킬 박사의 것이 아니었다. 박사는 늘 뒤꿈치를 끄는 듯한 묵직한 걸음을 걷는 사람이었다. 그런데 실험실 안쪽에서 들리는 소리는 코흘리개 소년이 뛰는 것 같은 가벼움이 확연하게 드러나고 있었다.

실험실 안에서는 여전히 신경질적인 발걸음 소리가 들려왔다. 마음을 굳게 다잡은 어터슨이 큰 소리로 외쳤다.

"여보게, 지킬! 나 어터슨일세!"

그러나 실험실 안에서는 아무런 대답이 없었다. 계속해서 들려오던 발걸음 소리마저 멈춰버린 것이었다.

잠시 후 어터슨이 다시 한 번 소리쳤다.

"자네가 문을 열어주지 않으면 부수고서라도 들어갈 작정이네. 그러니 당장 문을 열어주시게."

문을 부순다는 말에 당황했는지, 실험실 안에서 애원하는 듯한 목소리가 가늘게 들려왔다.

"제발 부탁이니 그냥 돌아가시게, 어터슨!"

바로 그 순간 어터슨이 외쳤다.

"저 목소리는 지킬이 아니라 하이드의 것이네! 어서 문을 부수게!"

만반의 준비를 하고 있던 폴이 있는 힘껏 도끼를 휘둘렀다.

하지만 워낙 튼튼하게 지어진 건물인 탓에 문짝은 꿈쩍도 하지 않았다. 폴이 다시 한 번 도끼질을 했다.

그때 안에서 날카로운 비명이 들려왔다.

"으아악!"

비명을 듣고 마음이 다급해진 폴이 정신없이 도끼를 휘두르기 시작했다.

그렇게 열 번가량 도끼질을 가한 이후에야 부서진 문짝이 실험실 안쪽으로 넘어졌다. 그런데 실험실 안은 거짓말처럼 조용했다.

어터슨과 폴은 등골 서늘한 한기를 느끼며 실험실을 둘러보았다.

환하게 켜진 램프 하나와 난로 위에 놓여 있는 주전자 하나, 그리고 책상 위에는 서류와 책과 갖가지 약품들이 어지럽게 뒤섞여 있었다.

어터슨이 실험실 안쪽으로 한 걸음 더 내디뎠을 때였다.

"폴! 여기에 있네."

폴이 도끼를 든 채 씩씩거리며 다가왔다.

한 사람이 방 가운데 엎드린 채 쓰러져 있었다. 어터슨과 폴은 조심스럽게 다가가 그 사람의 몸을 뒤집었다. 하이드였다. 난쟁이만 한 하이드가 커다란 지킬 박사의 옷을 걸친 채 거기에 있었던 것이다.

"죽었습니까, 선생님?"

하이드의 체온은 아직 식지 않았지만, 심장은 이미 멎은 상태였다. 하이드의 손에는 뚜껑 열린 유리병이 하나 쥐어져 있었다. 하이드의 입과 그 병에서 지독한 약품 냄새가 풍겨 나오고 있었다.

"그래, 죽었네. 우리가 조금만 더 일찍 왔더라면 살릴 수도 있었을 텐데 말일세. 죗값이야 그다음에 법정에서 다루면 될 일이고……."

"그러게 말입니다."

그토록 원하던 일을 해내고 말았지만, 하이드의 시체를 확인한 폴의 마음 역시 개운하지만은 않은 듯싶었다. 어터슨이 중얼거리듯 말했다.

"스스로 목숨을 끊은 하이드는 그렇다 치고, 이제 지킬 박사의 시신을 찾아야 하지 않겠나?"

"네, 선생님. 그게 무엇보다 중요한 일인데……."

두 사람은 실험실을 샅샅이 뒤져보았다.

실험실은 매우 넓었다. 2층과 지하로 연결된 통로에 복도까지 따로 있었으며, 한쪽 구석에는 거미줄이 사방으로 얽혀 있는 창고도 있었다.

하지만 어디에서도 지킬 박사의 흔적조차 발견할 수 없었다. 폴은 문을 부수고 실험실 안으로 들어오기 전보다 더 안절부절못하며 입을 열었다.

"선생님, 혹시 그동안 어디에 파묻어버린 게 아닐까요?"

"아니지, 폴. 살아서 도망갔을 수도 있지 않은가?"

두 사람은 다시 한 번 실험실 건물 전체를 뒤져보았다.

하지만 여전히 마찬가지였다. 할 수 없이 하이드의 시체가 있는 곳으로 되돌아온 어터슨은 지킬 박사의 흔적을 찾으려고 어지럽게 흩어진 책상을 살펴보았다.

그러는 동안 폴은 실험실 한쪽 벽면을 채우고 있는 책장을 살폈다. 잠시 후, 폴이 어터슨을 불렀다.

"선생님, 여기 선생님 이름이 써진 봉투가 있는데요!"

어터슨이 다가가 봉투를 보았다.

폴의 말처럼 커다란 봉투 겉면에 어터슨이라는 글씨가 큼지막하게 쓰여 있었다. 어터슨이 봉투를 열었다. 그 안에는 몇 장의 메모와 서류, 그리고 유언장이 들어 있었다. 그 유언장은 몇 개월 전 지킬 박사의 요청으로 어터슨이 되돌려준 바로 그것이었다.

어터슨은 유언장을 자세히 살펴보았다.

내용은 크게 달라진 점이 없었다. 다만, 상속인이 바뀌어 있었다. 자신의 재산을 상속받을 사람이 에드워드 하이드가 아닌 게이브리얼 존 어터슨으로 수정되어 있었던 것이다.

'도대체 이게 어떻게 된 일이지?'

어터슨은 놀라지 않을 수 없었다. 도저히 이해할 수 없는 일이었기 때문이다. 아무런 영문도 모르는 폴은 놀라워하는 어터슨을 멍하게 바라보고만 있었다.

'하이드도 분명히 이 유언장을 보았을 거야. 그런데 왜 찢어버리거나 난로 속에 넣어 불살라버리지 않았을까?'

의문은 꼬리에 꼬리를 물고 이어졌다.

연신 고개를 갸웃거리던 어터슨이 그 다음 메모지를 펼쳐들었다. 그것은 지킬 박사가 어터슨에게 쓴 편지였다.

편지를 확인하던 어터슨이 큰 소리로 외쳤다.

"폴! 지킬은 오늘도 이 실험실에 있었네."

깜짝 놀란 폴이 다가와 물었다.

"선생님, 그건 또 무슨 말씀이세요?"

"이 편지를 보게. 마지막에 써진 날짜를 말일세. 이 편지는 분명히 오늘 쓴 거야. 따라서 지킬은 지금 어딘가에 살아 있을 걸세."

"……!"

어터슨이 폴에게 설명했다.

아무리 신출귀몰한 사람일지라도 그렇게 짧은 시간에 사람을 죽인 다음, 시체까지 완벽하게 없앨 수는 없다고 했다. 그 점에 있어서는 폴 역시 같은 생각이었다.

그렇다면 지킬 박사는 어디론가 몸을 숨겼을 가능성이 가장 컸다. 어쩌면 하이드와 말다툼을 하다가 엉겁결에 약품을 먹어 버리고는, 쓰러진 하이드를 보고 당황해서 몸을 숨겼을 수도 있었다.

"어쨌든 우리는 차분하게 일을 처리해야만 할 듯싶네."

"알겠습니다, 선생님. 우선 그 편지부터 읽어보시지요."

지킬 박사가 살아 있을 수도 있다는 생각에 흥분해서 편지를 읽어볼 생각조차 하지 못했던 어터슨은 그제야 진정을 하고는 편지를 책상 위에 펼쳤다.

내 오랜 친구 어터슨.

자네가 이 편지를 읽고 있는 그 순간, 나는 분명 행방불명 중일 것이네.

어떻게 내 행방이 묘연해질지는 나도 아직 모른다네.

다만, 지금의 내 상태와 예감이 그것을 짐작하게 하고 있을 뿐이네.

내 오랜 벗 어터슨.

내 행방불명에 대해 더 알고 싶거든 래니언이 남긴 편지부터 읽게나.

그래도 더 궁금한 점이 있을 때 동정받을 가치도 없는 내 고백을 보시게.

헨리 지킬

편지를 다 읽은 어터슨은 지킬 박사가 남겨놓은 서류들을 꼼꼼하게 챙겨 주머니 속에 넣었다.

"나는 지킬이 남겨놓은 서류에 대해 당분간 비밀로 할 것일세. 자네 역시 지킬이 어디로 도망을 쳤든, 죽었든 간에 당분간은 모든 것을 함구하게나."

"알겠습니다, 선생님."

"나는 이 서류를 집으로 가져가 다른 것들과 함께 볼 필요가 있네. 그리고 다 읽고 나면 아무리 늦더라도 다시 올 테니 기다리도록 하게."

"그렇게 하겠습니다."

"또 한 가지, 경찰에게 알리는 것은 그다음에 하세나."

"선생님 말씀에 따르겠습니다."

두 사람은 실험실 건물을 빠져나왔다.

어터슨은 그때까지 응접실 난로 주변에 모여 있던 하인들과 인사를 한 다음, 집을 향해 발걸음을 재촉했다.

래니언이 남긴 사연들

집으로 돌아온 어터슨은 가쁜 숨이 진정되기도 전에 래니언이 남겨놓은 봉투를 꺼냈다. 그 안에 든 것은 래니언의 편지가 아니라 지난 1월 9일에 쓴 일기였다. 어터슨은 서둘러 그 일기를 읽어 내려갔다.

지금으로부터 나흘 전, 나는 등기우편 한 통을 받았다. 편지를 보낸 사람은 나의 오랜 친구이자 동료인 헨리 지킬이었다.

발신인을 확인한 나는 약간 놀랐다. 우리는 그동안 한 번도 편지를 주고받은 적이 없었기 때문이었다.

게다가 그 전날 밤 우리는 오랜만에 만나 저녁 식사를 했다.

따라서 지킬이 나에게 편지를 보낼 이유는 아무것도 없었다.

편지를 읽은 나는 더욱 이상한 생각이 들었다.

지킬이 보낸 편지는 다음과 같았다.

래니언.

자네는 나의 가장 오랜 친구이자 동료라네.

우리는 그동안 학문적인 면에서 의견을 달리하고 있었네.

하지만 나는 그것이 우리의 우정까지 깨뜨리지는 않았다고
생각하네.

만일 자네의 명예와 목숨이 내 손에 달렸다면…….

나는 단연코 내 전 재산을 들여서라도 자네를 도울 것이네.

그런데 상황은 정반대가 되어버렸네.

자네의 손에 내 명예와 목숨이 내맡겨져 있다는 말일세.

오늘 밤, 만약 자네가 나를 구해주지 않는다면…….

나는 영원히 파멸해버리고 말 것이네.

이제 자네도 내가 얼마나 심각한 상황인지 짐작할 수 있을
걸세.

그러니 오늘 밤, 모든 약속을 취소해주기 바라네.

만약 황제가 자네를 부르더라도 오늘 밤만은 거부해주시게나.

그리고 이 편지를 받는 순간 내 집으로 달려와 주었으면 하네.

나는 이미 폴에게 자네의 방문을 얘기해두었네.

그러니 폴은 자네의 발소리만 듣고도 문을 열어줄 걸세.

그리고 우리 집에 도착하면 혼자서 내 실험실로 오시게.

방 안쪽에는 유리문이 붙어 있는 장식장이 있다네.

그중에서 'E'라고 쓰여 있는 문을 열어 네 번째 서랍을 빼시게.

나는 지금 몹시 불안하고 초조하다네.

그래서 잘못 쓰고 있는지도 모르겠네.

하지만 자네도 의사이므로 서랍을 보면 금세 알 수 있을 걸세.

그 안에는 가루약과 유리병, 그리고 공책이 한 권 들어 있네.

부탁이니 그 서랍을 몽땅 들고 자네 집으로 돌아가 주게.

여기까지가 내 첫 번째 부탁이라네.

다음은 염치없게도 두 번째 부탁을 하려 하네.

자네가 이 편지를 받고 곧장 움직이기 시작하면…….

아마도 밤이 깊어지기 전에 집에 되돌아갈 수 있을 걸세.

하지만 중간에 무슨 일이 생길지 모르니 여유를 갖게나.

어쨌든 자네의 하인들이 잠든 뒤에 다음과 같은 일을 해주게.

자정 무렵이 되면 내 이름을 대면서 자네를 찾는 남자가 있을 걸세.

그러면 그 사람을 데리고 자네의 진찰실로 가게.

그리고 내 실험실에서 가져간 서랍을 그 남자에게 주게.

그것으로 자네의 임무는 끝난다네.

만일 이 일에 대해 더 알고 싶다면 남자가 도착한 뒤 5분만 기다리게.

그러면 내 부탁이 얼마나 중대한 일인지를 알게 될 걸세.

나는 자네가 내 부탁을 들어줄 것이라고 믿고 있네.

아무쪼록 자네가 나를 구원해줄 수 있기를 진심으로 부탁하네.

헨리 지킬

추신

이 편지를 쓰고 나니 또 걱정이 되는 일이 있네.

우체국에 문제가 생겨 이 편지가 내일 아침까지 자네에게 도착하지 못할 수도 있네. 그렇다고 하더라도 편지의 내용대로 해 주시게나.

그리고 자정이 되어 내가 보낸 사람을 기다리는 걸 잊어서는 안 되네.

그 순간 모든 것은 끝이 나버린다네. 만약 아주 작은 실수라도 생긴다면 자네는 영원히 헨리 지킬을 만날 수 없을지도 모른다네.

나는 이 편지를 읽고 난 후, 지킬이 제정신이 아니라고 확신했다.

그러나 모든 증거를 확인하기 전까지는 그의 부탁대로 하는 것이 내 의무라는 생각을 했다.

도대체 이 황당한 편지가 무엇을 말하는 것인지, 그것을 알지 않는 한 지킬이 말하는 중대한 일이 무엇인지 역시 판단할 수 없을 것이었다.

어쨌든 편지 내용이 너무 간절하고 비통하기까지 했다. 만약에 그 부탁을 거절했다가 나중에 어떤 책망을 들을지 모른다는 생각도 들었다.

결국, 나는 마차를 타고 지킬이 살고 있는 집으로 향했다.

지킬의 말대로 폴은 내가 오기를 기다리고 있었다.

폴 역시 등기우편으로 지킬의 편지를 받았고, 열쇠 고치는 사람을 부르러 보냈다고 했다. 폴이 부른 사람들이 오자 우리는 실험실 건물로 들어갔다.

실험실 문은 아주 단단했고, 자물쇠도 매우 좋은 것이었다. 그래서 문을 열고 들어가는 데 상당한 시간이 걸렸다.

어렵사리 실험실로 들어간 나는 지킬의 부탁대로 장식장을 열고 네 번째 서랍을 빼내어 보자기에 싸들고 지킬의 실험실을 나왔다.

나는 집으로 돌아온 다음, 서랍 속 물건들을 조심스럽게 살펴보았다. 가루약 봉지가 그럴듯하게 싸여 있었지만, 전문 약제사의 솜씨 같지는 않았다.

나는 그 약봉지를 지킬이 직접 쌌을 것이라고 생각했다.

약봉지 하나를 열어보니 하얀 소금 덩어리 같은 것이 들어 있었다.

그다음에는 유리병을 보았다. 그 속에는 빨간 액체가 절반쯤 들어 있었다. 뚜껑을 열자 지독한 냄새가 풍겨 나왔다. 아마도 휘발성 에테르가 섞여 있는 약품이라는 생각이 들었다.

마지막으로 공책은 아무 데서나 볼 수 있는 흔한 것이었는데, 안에는 날짜만 적혀 있을 뿐 별다른 내용은 없었다.

나는 도무지 이해를 할 수가 없었다. 특히 자정이 되어 보낸다는 심부름꾼을 내가 왜 아무도 모르게 만나야 하는지, 그 모든 것들이 궁금할 따름이었다.

저녁을 먹고 나서 하인들을 각자의 방으로 들여보낸 다음, 나는 만일의 경우를 대비해 권총에 총알을 넣어두었다.

자정을 알리는 종소리와 함께 문을 두드리는 소리가 들려왔다.

현관으로 가보니 작은 남자가 기둥 뒤에 웅크리고 서 있었다.

"지킬이 보낸 사람이오?"

내 물음에 남자는 그렇다고 대답했다.

나는 그를 데리고 진찰실로 들어왔다. 진찰실을 밝히고 있던 불빛 때문에 나는 그 남자의 생김새를 자세하게 볼 수 있었다.

그는 내가 처음 보는 사람이었는데, 키는 매우 작은 데다가 인상이 매우 고약해 보였다. 의사의 입장으로 보았을 때, 그는 단단한 근육을 갖고 있었지만 여러모로 허약한 부분도 있는 듯싶었다.

나는 아직껏 한 번도 본 적이 없는 남자가 옆에 있다는 사실만으로도 불안하고 초조했다. 그것은 사람이 열병을 앓기 시작할 때 느끼는 으슬으슬한 추위와 비슷한 것이었다.

남자가 입고 있는 옷도 너무나 이상했다.

옷감은 아주 고급스러운 것이었지만 그 남자의 몸에 전혀 맞지 않았다. 바지는 몇 번이나 접어 걷어 올려져 있었고, 재킷은 거의 무릎까지 내려와 있었으며, 단추를 다 채웠음에도 불구하고 옷깃은 어깨까지 벌어져 있었다.

하지만 나는 그런 우스꽝스러운 옷차림을 보고도 전혀 웃음이 나오지 않았다. 오히려 그 모습은 불쾌감을 더해 구역질이 날 만큼 혐오스러웠다.

어쨌든 이런 내 감정은 불과 몇 초 동안의 느낌이었다.

정체를 알 수 없는 그 남자는 몹시 흥분해 있는 것처럼 보였다.

"그걸 가지고 왔습니까?"

그 남자가 갑자기 내 팔을 잡더니 흔들어대면서 물었다. 남자의 갑작스러운 행동에 당황한 나는 순간적으로 그를 확 밀어버렸다.

"진정하시오. 아직 우리는 인사도 나누지 않았잖소?"

나는 가능한 한 환자를 대하듯 하려고 최선을 다했다.

"죄송합니다, 래니언 박사님."

남자는 나에게 정중하게 사과를 했다.

"마음이 급해 실수했습니다. 용서하십시오. 저는 헨리 지킬 박사의 부탁을 받고 왔습니다."

말을 마친 그 남자는 갑자기 자신의 손을 목에 대면서 고통스러운 표정을 지었다.

"틀림없이 서랍을 가지고……."

나는 그가 고통스러워하는 모습을 보기가 싫었다. 그래서 얼른 서랍을 가리키며 말했다.

"서랍은 저기에 있소!"

서랍을 집어 들려고 하던 남자는 다시 발작이 일어나는지 가슴을 두 손으로 세게 눌렀다. 그 와중에도 경련이 일어나 딱딱거리며 이가 부딪쳤고, 얼굴은 끔찍할 만큼 일그러져 있었다.

나는 그가 내 진찰실에서 죽어버리는 건 아닌가 걱정이 되었다.

"진정하시오. 마음을 가라앉히란 말입니다."

내가 큰 소리로 말하자 남자는 이상한 미소를 머금으며 나를 찬찬히 바라보았다. 그러더니 갑자기 서랍 안에 든 내용물을 보고는 짐승처럼 이상한 소리를 질렀다.

그리고 한참 만에 진정이 된 듯, 다소 가라앉은 목소리로 말했다.

"혹시 눈금이 그려진 유리컵 있습니까?"

넋이 절반쯤 빠진 나는 가까스로 일어나 진열대 위에 있는 유리컵을 그에게 가져다주었다. 남자는 고맙다는 인사를 한 뒤, 빨간 액체 몇 방울을 유리컵에 떨어뜨렸다.

그러고는 그 안에다 가루약 한 봉지를 털어 넣었다.

그러자 유리컵 안에 있던 액체가 불그스름한 색으로 변하더니 가루약이 녹으면서 선명한 색깔로 변했다. 그러다가 갑자기 액체가 끓어올랐고 나중에는 연기까지 내뿜기 시작했다.

잠시 후 연기는 멈추었고, 보랏빛으로 바뀐 액체는 시간이 흐를수록 엷어지더니 마지막에는 연한 녹색이 되는 것이었다. 남자는 유리컵 안에서 일어나는 변화를 꼼짝도 하지 않고 지켜보고 있었다.

그리고 한참 만에 나를 보더니 입을 열었다.

"저는 지금부터 나머지 일을 해야겠습니다. 그런데 래니언

103

박사님. 지금 이 상태에서 아무것도 묻지 않고 저를 이 집에서 나가게 하시겠습니까, 아니면 조금 더 자세한 것을 알고 싶습니까?"

지킬의 편지를 떠올리며 내가 잠시 머뭇거리자 남자가 다시한 번 말했다.

"저는 박사님의 결정에 따르겠습니다. 다만, 박사님의 결정은 지금까지와 똑같은 래니언 박사로 남아 있든가, 어제와는 전혀 다른 학자로서의 래니언 박사가 되든가를 가름하게 될 것입니다."

남자의 말에 나는 은근히 자존심이 상했다.

"나는 엉뚱한 이야기를 믿는 사람이 아니오. 하지만 지금까지 아무것도 묻지 않고 당신의 일을 도와준 이상, 나머지 모든 것을 알고 싶소."

그러자 남자는 빈정대듯 말했다.

"현명한 선택을 하셨습니다. 지금부터 일어날 일에 대해서는 의사의 명예를 걸고 비밀로 하셔야 합니다. 박사님은 지금까지 생각의 폭이 좁았고, 신비로운 힘을 가진 약품의 힘 따위는 전혀 믿지 않았습니다. 이제 그런 박사님의 생각이 달라질 겁니다. 잘 지켜보십시오."

남자는 말을 마치자마자 유리컵에 들어 있던 액체를 단숨에 마셔버렸다. 그러고 나더니 갑자기 비명을 지르며 휘청거렸고, 핏발이 벌겋게 오른 오른 눈을 부릅뜨고는 입까지 벌린 채 헐떡거렸다.

그리고 잠시 후, 도저히 믿을 수 없는 변화가 일어나기 시작했다.

난쟁이처럼 작던 그의 몸이 풍선처럼 부풀어 오르는가 싶더니, 얼굴 역시 엉킨 듯 뒤섞이면서 모양이 달라지는 것이었다.

"오, 맙소사!"

나는 비명을 지르며 얼굴을 가릴 수밖에 없었다.

상상조차 할 수 없었던 일이 바로 내 눈앞에서 벌어진 것이었다.

"어떻게 이런 일이!"

내가 그렇게 놀라고 있는 사이, 남자는 완벽하게 다른 사람이 되어 내 앞에 서 있었다. 그 사람은 바로 헨리 지킬이었다.

그 이후 지킬이 내게 들려준 이야기는 쓰고 싶지 않다.

하지만 나는 똑똑히 보았고, 확실하게 들었다. 나는 지금도 그 당시 내가 보고 들은 것을 한없이 증오하고 있다.

그다음부터 내 생활은 완전히 뒤죽박죽이 되어버렸다.

잠을 한숨도 잘 수 없었다. 벌건 대낮에도 무서움에 떨며 아무것도 할 수가 없었다. 이대로 간다면 나는 아마 며칠밖에 살 수 없을 것이다.

　지금도 지킬이 후회의 눈물을 흘리며 내게 한 그날의 고백을 생각하면 소름이 끼친다.

　어터슨, 자네에게 한 가지만 말해두겠네.

　그날 밤 나를 찾아왔던 남자가 누구였겠는가?

　지킬의 고백에 따르면, 그는 커루 경을 살해한 범인으로 전국에 지명수배 중인 하이드라는 사람이었다네.

　헤스터 래니언

지킬 박사가 남긴 이야기

어터슨은 정신을 차릴 수가 없었다.

래니언 박사의 일기를 꼼꼼하게 읽었지만, 도무지 이해를 할 수가 없었기 때문이다. 사람이 어떻게 변할 수 있으며, 하이드가 어떻게 지킬이 될 수 있단 말인지 동화 속 이야기인 것만 같았다.

한참 만에 심리적인 안정감을 회복한 어터슨은 지킬 박사가 남겨놓은 편지 봉투를 열었다. 그리고 제발 그 안에는 래니언의 일기처럼 정신을 어지럽히는 내용이 없기를 마음속으로 빌면서 읽어 내려가기 시작했다.

내 오랜 친구 어터슨.

자네도 어느 정도 알고는 있겠지만, 나는 무척 좋은 환경에서 태어났다네. 게다가 머리도 영특한 편이었고 매사에 최선을 다 했기 때문에 어른들은 내가 장차 큰 인물이 될 것이라는 기대를 하고 있었지.

나 또한 그런 기대에 어긋나고 싶지 않았을 뿐만 아니라, 나 자신이 갖고 있던 자존심을 지키려고 혼신의 노력을 기울였어. 그래서 누가 보더라도 장래가 촉망되는 젊은이로 성장할 수 있 었다네.

하지만 그런 나에게도 단점이 있었지.

그것은 바로 성정이 급해 모든 일을 서두르는 데다가 참을성 이 부족하다는 점이었네. 젊은 시절, 그 점에 대해서는 자네도 두세 차례 지적을 한 적이 있었기 때문에 그런 나의 천성을 충 분히 알고 있으리라 믿네.

나와 비슷한 성격을 가진 사람도 얼마든지 행복하게 살 수 있 겠지만, 유감스럽게도 나는 그러하지 못했네. 그것은 아마도 내 가 다른 사람에게 고개를 숙이는 것을 도저히 견디지 못했기 때 문일 걸세.

게다가 내 능력을 과시하고 싶은 오만함도 일조를 했겠지.

하여튼 나는 형식이나 규율에 얽매이기를 싫어하는 욕구와

남에게 존경을 받으며 살아야 한다는 교만이 마찰하면서 단 하루도 마음 편할 날이 없었다네.

나는 결국 자유분방함을 추구하는 내 모습을 사람들이 알아차리지 못하도록 감추기로 결심했다네. 그 결과, 사회적으로 성공한 모습을 갖추었을 때의 나는 이미 겉과 속이 전혀 다른 이중인격자의 모습이 뿌리 깊이 박혀 있음을 자각하게 되었지.

일반적으로 평범하게 살아가는 사람들은 자신의 자유분방함을 자랑삼아 얘기하곤 하지. 심지어는 불량스러운 행동이나 음란한 짓을 해놓고도 자랑스럽게 떠드는 사람이 있지 않던가?

하지만 나는 그럴 수가 없었네.

사회적 지위 때문에 그런 행동 방식을 혐오하는 듯한 발언을 하기도 했어. 그러나 나는 사실 그런 행동을 아무도 몰래 즐기고 있었다네.

내가 그처럼 이중생활을 하게 된 것은 나에게 이상이 있기 때문이었네. 사람들은 누구나 마음속에 선과 악을 동시에 가지고 있네. 그런데 내 마음속에 들어 있는 선과 악은 다른 사람의 그것에 비해 너무나 뚜렷하게 구분이 지어져 있었던 거야.

내 마음속의 선과 악은 끊임없는 충돌을 계속했다네. 그러면서 나는 사람의 마음을 괴롭히는 악이라는 것에 대해 깊은 관심을 갖게 되었지.

어쨌든 나는 이중생활을 했지만, 위선자는 아니었다고 자신할 수 있다네. 왜냐하면 나는 어느 편에 서 있든 늘 진지했으니까 말일세.

그런데 언젠가부터 나는 초자연적인 학문에 엄청난 매력을 느끼게 되었네. 그와 동시에 나는 사람의 마음속에서 일어나는 선과 악의 갈등을 해소시킬 수 있는 방법을 찾기 시작했지. 그리고 결론을 얻었다네. 나는 결국 인간은 누구나 한 사람이 아니라 두 사람이라는 사실을 깨닫게 된 것이지.

그때부터 나는 사람이라면 누구나 갖고 있는 두 성질을 따로 분리해 선한 인간과 악한 인간으로 갈라놓을 수는 없을까 하는 공상을 하기 시작했지. 시간이 흐를수록 그것을 향한 내 생각은 구체화되었고, 급기야는 본격적으로 연구하기에 이르렀다네.

언제나 마음속에서 충돌하는 선과 악을 따로 떼어놓을 수만 있다면 얼마나 편하겠는가?

선은 악에게, 그리고 악은 선에게 괴롭힘을 당하지 않을 테니까 말일세. 나는 연구를 거듭하는 와중에 문득 한 가지 생각이 떠올랐다네. 그것은 바로 육체의 세포조직을 흐트러뜨린 다음, 그 안에 들어 있는 정신을 다른 것으로 바꾸어 넣을 수도 있겠다는 생각을 하게 된 거야.

나는 수년 동안의 연구 끝에 그런 신약을 개발할 수 있다는 확신을 갖게 되었어. 그리고 수없이 반복된 실험을 통해 그 약품을 만드는 데 성공했다네. 아니, 그때까지는 완벽한 성공이 아니었지. 실제로 시험을 해보지는 못 했으니까 말일세.

그러던 어느 날, 나는 나 자신을 실험 대상으로 삼기로 결심했다네. 그리고 모두가 잠든 이후에 약품을 만들기 시작했지. 나는 유리컵에 여러 약품을 넣고 섞은 뒤 그 반응을 지켜보았다네. 그리고 화학반응이 끝나자 주저하지 않고 단숨에 마셔버렸지.

우와, 사실 나는 그때 죽는 줄만 알았다네.

온몸의 뼈마디가 하나씩 떨어져 나가는 고통이 몰려왔으니까. 그리고 견딜 수 없는 구역질도 한동안 계속되었다네. 그리고 한참 만에 정신을 차릴 수 있었어.

그런데 이상한 느낌이었어.

온몸이 둥실둥실 떠다니는 것 같으면서 기운이 펄펄 솟는 것이 아니겠는가? 그리고 상대를 가리지 않고 난폭한 짓을 하고 싶다는 욕망이 치밀어 오르기 시작했지. 게다가 나를 짓누르고 있던 양심이라는 것에서 완전히 해방된 듯한 자유로움도 느꼈다네.

나는 신이 나서 거울을 보았지.

그제야 나는 내 몸이 난쟁이처럼 작아졌다는 사실을 알 수 있었네. 지금 내 실험실에 있는 거울은 나의 변화를 제대로 지켜보려고 나중에 산 것이고, 그때만 해도 벽에 걸린 작은 거울이 전부였었지.

어쨌든 실험을 하다 보니 날이 밝아 있었네.

나는 모습이 바뀐 채 실험실을 나와서 침실로 향했네. 그리고 전신 거울을 통해 처음으로 에드워드 하이드의 전체 모습을 볼 수 있었다네.

거울 속의 하이드는 내게서 선한 마음을 쏙 빼낸 인간이었지. 그런데 그 녀석은 몸집이 작을 뿐만 아니라 매우 약해 보였으며, 발육이 제대로 되지 않은 미숙아처럼 보였다네.

나는 그 이유를 생각해보았어.

그래서 아직 과학적으로 증명되지는 않았지만 한 가지 가설을 세울 수는 있었지. 그 이유는 내가 지금까지 살아오면서 악한 마음을 숨기고 착한 마음만 드러내 보이고 살았기 때문이야. 결국, 악한 쪽에 속한 에드워드 하이드는 선한 쪽인 헨리 지킬보다 훨씬 더 작고 초라할 수밖에 없었던 거지.

하여간 하이드의 얼굴에는 악한 사람의 얼굴이 전형처럼 나타나 있었지. 누구나 하이드의 얼굴을 보면 혐오감을 느꼈을 것이네.

하지만 나는 달랐어.

그 또한 나의 얼굴이었으며, 그런 까닭인지 거울 속의 하이드를 보면 통쾌한 느낌까지 맛볼 수 있었다네.

나는 그렇게 실험에 성공했다네. 지금껏 그 누구도 생각하지 못했던 기적을 나 혼자의 힘으로 이루고 말았어.

그런데 문제는 내가 악한 인격만을 끄집어낸 데 있었지.

나는 악한 성질을 끄집어내 하이드를 만든 것처럼, 선한 성질의 또 다른 나를 만들고 싶었어. 하지만 그것은 불가능했다네. 결국 내 실험은 절반의 성공이었던 셈이지.

그런데 왜 내 실험은 악한 성질 쪽으로 작용했을까?

나는 그것이 궁금했다네. 그래서 여러 가지 가설들을 대입해 보았지. 그중에서 가장 논리적인 것은 내가 실험을 하던 날, 악한 기운이 훨씬 더 강했을 것이라는 추론이라네.

그날 밤, 내가 만약 지극히 선하고 착한 마음가짐으로 실험에 임했다면 전혀 다른 결과가 나왔을 것이네. 에드워드 하이드가 아닌 천사가 탄생했을 거야.

내가 개발한 신약은 천사나 악마를 만드는 것이 아니라, 마음 속에 들어 있는 욕망이 밖으로 나올 수 있도록 하는 작용을 하니까…….

결과적으로 나는 그때부터 두 개의 모습과 두 개의 성격으로 나누어 살게 되었다네. 하이드와 지킬로 말일세. 두 번 다시 젊은 시절부터 자네가 알아왔던 헨리 지킬로 돌아갈 수는 없었다네.

이제 와서 고백하건대 그 실험에 성공했을 무렵, 나는 학자로서의 일상에 견딜 수 없는 권태를 느끼고 있었지. 그래서 아무도 모르게 나쁜 짓을 하기도 했다네. 하지만 그런 생활도 곧 귀찮아졌다네.

그런 와중에 신약 개발에 성공했으니, 나는 완전히 두 가지 생활을 동시에 할 수 있게 되었지.

약을 마시기만 하면 헨리 지킬은 없어지고 에드워드 하이드의 모습으로 감쪽같이 변하고 말았으니까 말일세. 사람들은 아무도 그 두 인물이 같은 사람이라는 것을 눈치채지 못했을 것이네.

내 계획은 완벽했어.

하인들한테도 하이드를 주인처럼 모실 수 있도록 해놓았고, 자네가 언짢게 생각했던 유언장까지 완성해놓았으니 말이야. 그렇게 해서 나는 하이드가 되어 아무리 뻔뻔스러운 행동이라도 거리낌 없이 할 수 있는 사람이 되었다네.

솔직히 말하자면 나는 하이드가 되어 다른 사람에게 고통을 주면서 쾌감을 느꼈다네. 처음에는 지킬로 돌아왔을 때 양심의 가책을 느낀 적도 있었지만, 시간이 지나면서 그런 가책도 엷어지고 말더구먼.

결국, 죄를 짓는 건 하이드라는 사람이지 헨리 지킬 박사는 아니라는 자기변명에 세뇌된 거야.

그렇게 시간이 흘렀네.

아마도 댄버스 커루 경 사건이 일어나기 두 달쯤 전이었을 거야. 하이드가 되어 못된 짓을 한 다음, 집으로 돌아와 지킬로 변신했지. 그리고 잠을 청했네.

그런데 아침이 되어 눈을 떠보니 느낌이 이상한 거야.

아직 잠에서 완전히 깨어나지 않은 나는 사방을 둘러보았어. 그런데 아무래도 내가 하이드인 것만 같지 뭔가. 벌떡 일어나 정신을 차리면서 내 손을 보았다네. 그런데 어찌 된 셈인지 그 손은 헨리 지킬의 하얗고 깨끗한 손이 아니라 울퉁불퉁한 하이드의 손이었다네.

나는 소스라치게 놀랄 수밖에 없었지.

잠을 잘 때는 분명히 헨리 지킬이었는데 일어나보니 하이드가 되어 있으니 얼마나 놀랐겠는가? 약을 먹지도 않았는데 벌어진 기이한 일 때문에 나는 큰 충격을 받게 되었다네.

물론 하인들은 이미 하이드에 대해 익숙해져 있었기 때문에 실험실로 들어가 본래의 모습으로 돌아오는 데는 큰 문제가 없었지. 그런데 지킬과 하이드의 이중생활을 계속하다가는 어떤 부작용이 생길지 모른다는 불안함이 싹트기 시작했어.

게다가 그즈음의 하이드는 처음에 비해 몸집도 훨씬 더 커지고 힘도 세진 듯한 느낌이 들었지. 나는 결국 이러다 언젠가는

지킬 박사로 되돌아가지 못할지도 모른다는 생각을 하게 되었다네. 왜냐하면 시간이 흐를수록 약효의 반응이 신통치가 않아 자꾸만 양을 늘리는 중이었거든.

그것은 결국 내 본성이 자꾸만 하이드에 가깝게 변해가고 있다는 증거였지.

나는 무서웠네. 이럴 수도 저럴 수도 없었지.

하이드로 살자니 그동안 쌓아온 명예와 지위, 그리고 다정한 친구들까지 포기해야 했어. 그렇다고 지킬로 살려면 오랫동안 은밀하게 즐겨왔던 즐거움을 모두 포기해야 할 테고 말일세.

지킬과 하이드가 공유하는 것은 오직 기억력뿐이라네.

그 나머지는 모두가 정반대라고 해야 옳겠지. 하지만 나는 결심을 했다네. 헨리 지킬의 모습으로 품위와 명예를 지키며 살자고 결심을 한 거야.

결심을 굳힌 나는 하이드와 인연을 끊었다네.

그리고 예전의 헨리 지킬이 되어 평범한 일상을 살았어. 자네도 알다시피 친구들도 만나고, 봉사 활동도 하면서 지내지 않았던가?

하지만 내 마음 한구석에는 하이드가 되고 싶다는 욕망이 꿈틀거리고 있었어. 지킬의 초인적인 인내심으로 견디고 또 견

덮지. 하지만 나는 결국 악의 유혹을 이겨낼 수가 없었다네.

그래서 약을 마시고 하이드가 되어버렸지.

하이드가 된 나는 하늘을 날 듯한 기분이었어.

마치 세상의 모든 것을 얻은 듯한 기쁨에 취해 보름달이 쟁반처럼 둥그렇게 빛나는 런던의 밤거리를 뛰어다녔다네. 그러다 템스 강 근처에 이르렀지. 그리고 어떤 노인이 내게 정중한 말투로 길을 물었네.

오랜만에 하이드가 된 나는 정신이 없었네.

무조건 노인을 두들겨 패버려야 한다는 생각뿐이었지. 그래서 마구 휘둘렀다네. 아무런 반항도 하지 못한 채 길바닥에 쓰러져버린 노인을 본 순간, 나는 말할 수 없는 쾌감을 맛보았어.

그래서 나는 계속 매질을 했다네.

쓰러진 채 고통스러워하는 노인 위로 올라가 있는 힘껏 밟아대기까지 했지. 그렇게 한참을 미친 사람처럼 날뛰었다네. 그러다 문득 정신을 차렸지.

아무리 악마적인 근성이 깊은 하이드라 할지라도 털끝만큼의 이성은 있었다네. 물론 그 이성이라는 것은 나 자신이 처하게 된 상황을 깨닫게 되었다는 거야. 이를테면 스스로의 목숨도 위협을 받는 처지가 되었음을 인지한 정도를 얘기하는 것일세.

나는 서둘러 그 자리를 빠져나왔다네.

그리고 집으로 달려가 방 안에 있던 흔적들을 깔끔하게 치워 버렸지. 그러고 나서 다시 거리로 나오자 조금 전 내가 저지른 끔찍한 살인에 대한 죄책감보다 후련한 감정이 더 크게 다가왔었네.

나는 매우 들떠 있었다네.

그래서 앞으로 해야 할 일에 대한 계획까지 세우기 시작했지. 그러면서도 내 몸의 모든 감각은 혹시 누군가가 나를 미행하지 않는지 주변을 세밀하게 체크하고 있었어.

그렇게 나는 실험실로 돌아와 약을 마셨지.

그리고 다시 헨리 지킬로 돌아왔어. 지킬이 된 나는 견딜 수가 없었다네. 후회의 눈물이 끊이지 않았으며 어찌할 바를 몰라 했지. 무조건 꿇어앉아 신께 용서를 빌었네.

그 순간 내 머릿속에는 한평생을 살아온 내 삶의 궤적이 스쳐 지나가기 시작했다네. 걸음마를 배우기 시작했던 어린 시절부터 굳은 의지로 공부하던 청소년기, 갖가지 실험에 몰두했던 의사로서의 시간들까지 말일세. 거의 반세기가 지난 일부터임에도 불구하고 모든 기억이 너무나 또렷하게 남아 있었어.

너무나 이상한 것은 불과 몇 시간 전에 벌어진 살인 사건은 마치 꿈속에서 보았던 것처럼 피부에 와 닿지 않았다는 사실이네. 나는 어린아이처럼 엉엉 울면서 다시는 하이드가 되지 않겠다고 다짐을 했지.

다음 날 아침, 나는 하이드가 살인하는 장면을 고스란히 지켜본 증인이 있었다는 사실을 알게 되었네. 또한, 처참하게 목숨을 잃은 사람이 댄버스 커루 경이라는 것도 알게 되었지.

게다가 범인이 하이드라는 사실 역시 만천하에 드러났음을 깨달았어.

그러니 내가 하이드의 모습으로 변한다면 금세 잡히고 말 것이라는 생각이 들었네. 워낙 엄청난 사건이라 경찰에게 붙잡히면 분명히 사형을 언도받게 되겠지. 하지만 내가 지킬 박사의 모습으로 살아가는 한, 내가 체포될 가능성은 단 1%도 없었지.

아마 자네도 기억하고 있을 걸세.

작년 말에 몇 달 동안 다른 사람들을 위해 열심히 노력했던 나를 말일세. 그때 나는 내가 지은 죄에 대해 속죄를 하고 싶었다네. 그래서 그런 일을 하게 된 거야.

또한 실험실에 틀어박혀 지내던 일상에서 벗어나 친구들과 어울리기도 했지. 가난한 사람들을 위해 기부금도 내고, 교회에 나가 참회의 기도도 올렸고 말일세. 하지만 내가 그렇게 한다고 해서 내 마음에 내재되어 있던 악마의 근성이 완전히 사라진 것은 아니었다네.

언젠가부터 내 마음속 악마가 자꾸만 날뛰기 시작했어.

그렇다고 해서 나는 하이드로 변하려는 생각은 하지 않았네. 하이드가 되는 순간 나는 체포될 것이고, 그러면 곧 사형이라는 절차를 밟아 죽음에 이르게 될 것이라는 사실을 누구보다 잘 알고 있었기 때문이었지.

하지만 세상 모든 일에는 시작과 끝이 있는 법 아닌가.

나는 어리석게도 반세기를 살았음에도 불구하고 그걸 깨닫지 못했다네. 지위와 명성, 그리고 스스로의 자만심에 눈이 멀어 세상을 헛살았던 거야.

새해가 시작되고 며칠 지나지 않은 어느 날이었지.

녹아내린 눈 때문에 땅바닥은 질퍽거리는데 하늘은 한없이 맑기만 하더구먼. 나는 천천히 리젠트 공원으로 발걸음을 옮겼다네. 공원에는 크고 작은 겨울새들이 날아와 모처럼의 겨울 햇살을 즐기고 있었네.

나는 마치 새가 된 것처럼 그들 사이를 뚫고 들어가 벤치에 앉았지.

공원에 사람이라고는 오직 나 혼자뿐이었어. 아무리 날씨가 화창하다고는 하지만 아직은 산책을 할 만큼 따스하지는 않았기 때문이었지.

한참을 그렇게 벤치에 앉아 햇볕을 쬐고 있는데 갑자기 현기증이 나기 시작하더구먼. 그리고 눈앞이 침침해지면서 구역질도 났어. 나는 그렇게 정신을 잃고 말았다네. 그리고 내가 정신을 차렸을 때 나는 이미 지킬이 아니라 하이드의 모습으로 변해 있었어.

내 몸은 난쟁이처럼 줄어들어 있었고, 머리카락은 산발이 된 채 손발도 까칠해져 있었지. 내가 개발한 그 약을 먹지도 않았는데 말일세. 하여튼 그렇게 나는 저절로 하이드가 되어 있었다네.

나는 무척 당황했다네.

그런 상황에서 놀라지 않을 수 있는 사람이 어디에 있겠는가? 하지만 나는 침착해야 했다네. 자칫 잘못하면 그대로 체포되어 꼼짝없이 사형을 당하게 될 테니 말일세.

어떻게든 실험실에 있는 약을 수중에 넣어야 했지.

하지만 커루 경 사건 이후에 실험실로 들어가는 뒷문은 잠가버린 뒤 열쇠는 던져버렸고, 정문으로 들어가면 하인들이 경찰에 신고할 것은 너무나 자명한 이치였어.

그래서 다른 사람을 통해 약을 손에 넣는 방법을 생각해냈다네.

맨 처음 떠오른 사람이 래니언이었어. 그는 내 필체를 알고 있는 데다가 의사이기 때문에 약품을 구별할 수 있는 안목이 있기 때문이었지.

하지만 현실적으로 가장 큰 문제는 당장의 모습이 하이드라는 점이었네.

나는 지금부터 하이드를 '그'라고 부르려고 하네.

왜냐하면 하이드를 도저히 '나'라고 부를 수 없기 때문이라네. 그때 이미 하이드에게는 인간다운 면이 조금도 없었지. 공포와 증오만 가득했던 거야.

그는 헐렁한 옷을 둘둘 말아 접어 올린 다음 마차를 불러 포틀랜드 거리에 있는 호텔로 갔다네. 그를 본 마부가 우스꽝스러웠는지 킥킥거렸다네. 그는 불같이 화를 냈어. 그리고 악마 같은 표정으로 마부를 노려보았지.

마부는 금세 웃음을 멈추었다네.

만약 마부가 조금이라도 더 웃었다면 아마 또 한 번의 살인 사건이 벌어졌을 것일세. 그런 점에서 마부는 무척 현명한 선택을 한 셈이지. 물론 그의 눈초리가 워낙 무서워 그랬겠지만 말이네.

그는 곧 호텔에 도착했지.

호텔 직원들 역시 공포에 찬 눈초리로 그의 명령을 따라주었고, 방에 들어서자마자 필기구를 손에 넣을 수 있었지. 하이드는 두 통의 편지를 썼다네. 하나는 래니언에게, 그리고 또 하나는 하인 폴에게 쓴 거야. 그 편지는 호텔 종업원을 시켜 등기로 부쳤지.

하이드는 답답했어.

호텔에서 하루 종일 기다리기에는 그의 악마적 근성이 견뎌
내질 못했지. 그래서 날이 어두워지자마자 호텔을 빠져나왔다
네. 그리고 마차를 타고는 여기저기로 돌아다녔어. 그런데 마부
가 수상한 낌새를 알아채는 듯싶었네.

마음을 대범하게 먹은 그는 마차에서 내려 사람들이 많은 거
리로 나갔다네. 전혀 어울리지 않는 큼지막한 옷 때문인지 사람
들의 시선이 그에게로 쏠렸어. 그래서 한적한 골목을 배회할 수
밖에 없었다네.

그러다가 만난 성냥팔이 소녀의 뺨을 한 대 갈겨주기도 했지.
그러자 조금은 분이 풀린 듯했어.

그날 밤, 자정이 되어 그는 래니언의 집으로 갔다네.

하이드는 그곳에서 지킬로 돌아올 수 있었지.

하지만 말일세. 그날 밤의 일은 내 오랜 친구 래니언에게 씻
을 수 없는 상처를 주고 말았네. 나는 그 친구의 눈에서 공포의
극한을 보게 되었지. 내가 그 친구에게 한 짓은 정말이지 용서
받을 수 없는 것이었다네.

그러나 다른 방법이 없었어.

게다가 내가 감당하고 있는 공포 또한 작은 것이 아니었으니
까. 래니언은 나를 심하게 질책했다네. 나는 그 비난을 고스란

히 듣고만 있었어. 더 이상 내게 할 말이 없었거든.

헨리 지킬이 된 나는 집으로 돌아와 잠자리에 들었다네.

몹시 피곤한 하루였기 때문에 정신없이 곯아떨어지고 말았지. 만약 그때 누가 나를 안고 다른 곳에 옮겨놓았더라도 나는 눈치채지 못했을 걸세.

그 이튿날 아침부터 나는 불안해서 견딜 수 없었다네. 내가 언제 또 하이드로 변할지 짐작을 할 수가 없었기 때문이었지.

하지만 나는 스스로 자위를 했다네. 나는 지금 실험실에 있고, 약을 언제라도 먹을 수 있다고 말일세. 그러면 마음이 조금은 안정되곤 했지.

점심을 먹고 나서 정원에 나가 바깥 공기를 마셨어.

무척 상쾌했다네. 그런데 갑자기 내 몸에서 변화의 조짐이 일어나기 시작했어. 소스라치게 놀란 나는 실험실로 뛰어들어갔다네. 그러나 이미 나는 하이드로 변해 있었고, 마음은 악마의 그것으로 바뀌고 있었지.

이번에는 약을 두 배나 마시고 가까스로 지킬로 돌아올 수 있었어. 그런데 채 여섯 시간도 지나지 않아 또다시 고통은 시작되었네.

그래서 나는 또 약을 먹었지.

처음보다 더 많은 양을 말일세.

그때부터 시작된 나의 고통은 이루 말로 표현할 수 없는 것이었네.

하루에도 몇 차례씩 지킬에서 하이드로, 또 하이드에서 지킬로……. 매번 뼈가 으스러지는 고통을 견뎌낼 수밖에 없었지. 그런데 문제는 잠이 들거나 잠깐 졸기만 해도 하이드가 되어버린다는 점이었네.

그나마 깨어 있을 때는 틈이 긴 편이었는데 말일세.

그래서 나는 잠을 자지 않으려고 최선을 다했다네. 의식이 가물가물해질 때까지 잠을 자지 않고 버텼지.

그러한 수면 부족과 긴장은 나를 하루가 다르게 초췌하게 만들어버렸어. 그럼에도 불구하고 내 마음속에는 하이드에 대한 두려움이 가시지 않았다네.

어쨌든 나는 잠이 들거나 약 기운이 떨어지면 하이드가 되어야만 했어.

게다가 하이드의 영향력은 자꾸만 커져서 지킬의 이성을 마비시키기 시작했지. 지금까지는 선이 악을 조정할 수 있었지만, 앞으로는 그럴 가능성마저 희박한 상황이 된 거야.

현실을 직시한 나는 최후의 선택을 할 수밖에 없다네.

그래서 지킬의 몸으로 자살할 것을 생각한 거야. 적어도 나는 하이드의 몸으로 자살할 생각은 전혀 없다네.

서서히 이 편지도 끝맺어야 할 때가 오고 있네.

최후의 파멸이 나를 향해 다가오고 있기 때문이라네.

만약, 만약에 말일세.

내가 개발한 약에 부작용이 나타나지 않았다면 나는 지킬과 하이드를 오가는 끔찍한 생활을 한참 동안 더 했을지도 모르네. 하지만 그보다 빨리 파멸을 맞이한 것은 예상치도 않았던 약품 때문이었지.

처음 실험을 시작할 때 나는 약품 재료를 충분히 사놓았다네. 하지만 거듭된 실험으로 재료는 바닥을 보이기 시작했고, 불안해진 나는 폴을 시켜 재료를 구한 다음에 약을 다시 만들었지.

그런데 어찌 된 셈인지 약이 처음과 같은 반응을 보이지 않는 거야. 그래도 혹시 하는 마음으로 그걸 마셔보았다네. 하지만 아무런 효과도 얻을 수 없었어. 결국 나는 폴에게 다시 심부름을 시켰지.

그 과정에 대해서는 자네도 폴에게 들어 알고 있을 것일세.

하지만 모든 것이 허사로 돌아가고 말았다네.

뒤늦게 알게 된 사실이지만, 처음에 내가 사 온 재료에 불순물이 소량 섞여 있었지. 그것이 무엇인지 알 수는 없지만, 그로 인해 나는 하이드가 될 수 있었던 거라네.

나는 지금 마지막 남은 약을 먹고 그 기운으로 지킬이 된 다

음, 이 편지를 쓰고 있네.

헨리 지킬 박사로서 논리적이고 합리적인 사고를 하는 것도 이것이 마지막이네.

거울 속의 지킬도 마지막이고…….

나는 이제 다시는 지킬 박사가 될 수 없다네. 이 편지를 쓰고 있는 것도 어쩌면 운이 좋았기 때문인지도 모르네. 적어도 아직은 하이드로 변하지 않고 있으니 말일세.

만약 내가 이 편지를 완성한다면 하이드의 손에 들어갈 일은 없을 것이네. 하이드는 아마 증오와 공포로 휩싸여 아무 생각도 할 수 없을 테니 말일세.

짐작건대 내가 헨리 지킬 박사로서 살 수 있는 시간은 약 30분 정도라네.

나는 지금 무서워서 견딜 수가 없네.

불안과 공포에 사로잡혀 방 안을 미친 듯이 서성이고 있지.

하이드가 되어 체포된 뒤 사형을 당하게 될지, 아니면 지킬의 모습으로 자살하게 될지 나는 아직 모른다네. 아마도 그것은 하느님만이 아시는 일이겠지.

어쨌든 나는 이제 괜찮다네.

헨리 지킬 박사로서의 나는 지금 죽어가고 있으니까…….

이제 나는 펜을 놓을 것이네.

이로써 불행한 헨리 지킬의 삶은 마침표를 찍게 될 것일세.

헨리 지킬

지킬 박사와 하이드 씨

◆ **작품 소개**

영국의 시인·소설가인 R.L.B.스티븐슨의 괴기소설

오늘날 '이중인격'이라고 하면 이 작품의 제목을 떠올릴 정도로 현대인의 성격 분열을 잘 드러낸 작품이다. 자신의 진정한 자아 안에 내재하는 제2의 자아에게 쫓기는 한 인간의 이중성을 다룬 작품으로, 스티븐슨은 존경받는 지킬 박사의 문 뒤로 사라져버린 '저주받은 괴물' 하이드의 정체를 폭로한다. 1886년에 발표된 이 소설은 당시로서는 충격적인 발상과 빠른 전개로 시대를 앞서는 작품으로 평가받았다.

◆ **줄거리**

학식이 높고, 자비로운 지킬 박사는 인간이 잠재적으로 가진 선과 악을 약으로 분리할 수 있을 것이라는 발상에서 신약을 개발한다.

자신이 개발한 약을 복용한 결과, 추악한 하이드로 변신한다. 그런데 지킬 박사는 점점 악이 선을 이겨 약을 먹지 않아도 하이드로 변신할 수 있게 된다. 그러다가 이제는 지킬 박사로 되돌아갈 수 없게 되고 마침내 살인까지 저지르고 경찰에게 쫓기다가 자살한다.

이 소설은 변호사 어터슨과 그의 친구인 엔필드의 세련된 대화로 시작된다. 아침 일찍 집으로 돌아가면서 엔필드는 '끔찍한 사건'을 목격한 이야기를 시작한다. 한 남자가 거리를 건너가던 작은 소녀를 짓밟은 뒤 울부짖는 소녀를 버려둔 채 가버렸다는 것이다. "별일 아닌 일로 들릴지는 모르겠지만," 하고 엔필드는 이어서 "정말 지옥과도 같은 광경이었어."라고 끝을 맺는다. 이들의 대화처럼 작품은 전반적으로 절제하고 과묵한 분위기가 지배적이다.

◆ **들어가기**

속과 겉이 다른 이중인격자를 가리킬 때 흔히 쓰는 표현으로 '지킬 박사와 하이드'라는 것이 있다. 국회위원이 간첩으로 판명되어 세상을 깜짝 놀라게 했을 때, 유명 은행의 모범 사원이 억대의 회사 공금을 가로채 카지노에 탕진했을 때, 우수 표창을 받은 모범 경관이 강도로 둔갑했을 때, 신앙심 깊은 종교인이 엽색 행각한 끝에 붙잡혔을 때, 무역회사 사장이 국제 금괴 밀수단의 한국 책임자 노릇을 하다 발각되었을 때 사람들은 흔히 '지킬 박사와 하이드'라는 말을 자주 사용한다.

이렇게 겉으로 보이는 모습과 진짜 속마음이 서로 다른 사람을 두고 그렇게 부른다. 그런데 이 표현은 바로 19세기 영국 작가 로버트 루이스 스티븐슨(1850~1894)이 쓴 동명(同名) 소설 《지킬 박사와 하이드 씨》(1886)의 제목에서 빌려온 말이다. 지킬 박사와 하이드 씨는 서로 다른 인물이 아니라 이름만 다를 뿐 어디까지나 동일한 인물이기 때문이다.

　이 소설을 집필하게 된 동기에 대하여 스티븐슨은 이 작품의 서문에서 '인간 내부에는 선과 악이 언제나 대립하고 투쟁하면서 조화를 이루어내어 균형을 유지하게 된다. 그렇지만 이러한 평형 관계가 깨질 때 성격 분열이 일어나 이중인격자가 되고 마침내 파멸의 길을 걷게 된다는 것을 보여 주고 싶었다.'라고 밝힌다. 이렇듯 이 작품은 인간의 내면에 도사리고 있는 선과 악의 극단적인 두 성향이 충돌하고 갈등을 불러일으키는 과정을 심리학적인 측면에서 묘사한 작품이다.

◆ 작품의 배경과 내용

스티븐슨은 스코틀랜드 에든버러에서 살던 1700년쯤 일어난 사건을 바탕으로 《지킬 박사와 하이드 씨》를 집필하였다. 이 무렵 시의원으로 재직하고 있던 윌리엄 브로디라는 사람이 불의에 타협하지 않는 청렴결백한 태도로 시민들로부터 존경을 한 몸에 받고 있었다. 또한 그는 독신으로 근검절약하는 생활을 했기 때문에 뭇 여성들로부터 늘 관심의 대상이 되기도 하였다. 그런데 이러한 외형적인 모습과는 달리 그 사람은 남몰래 정부(情婦)를 두 명씩이나 두고 있을 뿐만 아니라, 공금을 빼내 도박을 벌여 막대한 재산을 축적했음이 뒷날 밝혀져 큰 화제가 되었다. 또한 불량배들과 어울려 온갖 나쁜 짓을 일삼고 다녔다는 사실도 폭로되었다. 이 사건을 보고 스티븐슨은 결국 인간이란 있는 선과 악, 아름다움과 추함을 동시에 지니고 있다는 사실을 깨달았다. 그래서 그는 이 사건을 모델로 삼아 이 소설을 썼던 것이다.

이 작품의 원래 제목은 《지킬 박사와 하이드 씨의 이상한 경우》이다. 'Strange Case'를 '이상한 경우'라고 번역했지만 '이상한 사례'라고 옮길 수도 있다. 그러나 'Case'가 환자를 가리키는 말이기도 하기 때문에 이 작품의 내용으로 미루어보자면 '이상한 환자'로 옮길 수도 있다. 그러나 영미 문화권에서나 동양 문화권에서는 그냥 줄여서 《지킬 박사와 하이드 씨》라고 부른다.

이 작품을 쓸 무렵 스티븐슨은 지방 병원에서 맥각이라는 버섯으로 치료를 받고 있었다. 그런데 이 버섯에는 LSD라는 환각 성분이 들어 있어 그가 환각 상태에서 이 작품을 썼다는 주장도 있다. 이 작품에 나오는 약품과 주인공의 이상 심리를 생각해보면 그러한 주장에도 일리가 없지 않다.

독실하고 덕이 있는 학자로 추앙을 받고 있는 지킬 박사는 인간성의 본질을 탐구하기 위해 오랫동안 연구에 몰두한다. 그러던 어느 날 악마적인 본성을 발휘하게 되는 신비한 물질을 만들어 내는 데 성공한다. 지킬 박사는 약의 효험을 알아보기 위해 자신을 직접 실험 대상으로 삼는다. 약을 복용한 뒤 오래지 않아 추한 외모를 갖고 세상의 온갖 악한 성격을 갖고 있는 하이드 씨로 변신할 수 있다.

지킬 박사는 이처럼 자신의 본래 모습과 정반대의 성향을 갖고 있는 괴물의 출현에 대해 마음속으로는 희열을 느낀다. 자신이 지금껏 명성을 얻고 그것을 유지하기 위해 여러 가지 사회적인 압력에 굴복하고 주위 사람들의 눈치를 보며 살아 왔기 때문이다. 그러나 그런 억압에서 완전히 벗어나 본능대로 마음껏 행동할 수 있는 하이드 씨에 대해 적잖이 쾌감을 느꼈던 것이다.

하이드 씨는 밤에만 움직이면서 온갖 못된 짓을 벌이고 다니지만 일단 집에 돌아와 다시 해독제를 복용하면 원래의 근엄하고 품위 있는 지킬 박사로 되돌아온다. 매일 밤 이러한 행동을 반복하면서 지킬 박사는 밤의 쾌락에 점점 더 깊이 빠져 들어간다. 한편 해독제의 양도 점차 많이 사용하게 되어 이제는 하이드 씨의 본성이 더욱 강하게 자리를 잡게 된다. 그러던 어느 날 지킬 박사로 되돌아와 잠을 잔 뒤 깨어 보니 약을 먹지도 않았는데 자신이 하이드 씨로 변해 있는 사실을 발견하고는 소스라치게 놀란다.

더구나 이런 예기치 못한 사태에서 벗어나기 위하여 지킬 박사로 돌아갈 수 있는 환원제를 찾았지만 약은 이미 고갈된 상태에 있다. 마침내 하이드 씨는 살인을 저지르고 경찰에게 쫓겨 체포되려는 순간 모든 사실을 유서에서 고백하고 자살한다.

◆ 작품의 중심 주제

모든 문학 작품은 그것이 쓰인 역사적 시간과 사회적 공간에서 완전히 벗어날 수 없다. 이 점에서는 스티븐슨의 《지킬 박사와 하이드 씨》도 예외가 아니다. 이 작품에서 그는 자신이 살고 있던 영국 빅토리아 시대를 날카롭게 풍자하였다. 빅토리아 시대란 영국의 빅토리아 여왕이 통치하고 있던 1837년부터 1901년까지의 기간을 뜻한다. 이 시대는 영국 역사에서 산업혁명의 경제 발전이 성숙기에 도달하여 대영 제국이 절정기에 이른 시기였다. '대영 제국에 해질 날이 없다.'라는 슬로건도 바로 이 무렵의 영국을 가리키는 말이었다.

그러나 빅토리아 시대는 그 어느 때보다도 도덕적으로 타락하고 위선적인 시대였다. 겉으로는 근엄하고 체면을 차리면서도 속으로는 온갖 탐욕과 욕정으로 가득 차 있었다. 그렇기 때문에 '빅토리아 풍'이나 '빅토리아적'이라고 하면 겉으로 엄격하고 점잔빼는 태도나, 인습에 젖이 있거나 편협하고 위선적인 태도 등을 가리키는 형용사로 자주 쓰인다.

　이렇게 위선적인 모습은 비단 빅토리아 시대 사람들한테서만 찾아볼 수 있는 것은 아니다. 인공위성을 타고 달나라를 탐색하고 정보를 돈을 주고 사고파는 정보화 시대인 오늘날에도 이중적이고 위선적인 모습은 여전하다. 이처럼 《지킬 박사와 하이드 씨》는 체면과 명성과 허위의식에 사로잡혀 하루하루를 살아가는 대다수 인간들의 슬픈 자화상이다. 체면이나 문화라는 그럴 듯한 이름으로 얼마나 많은 현대인이 위선의 가면을 쓰고 살아가는가. 지킬 박사와 하이드 씨의 변신은 모든 인간의 내면에 깊숙이 도사리고 있는 위선을 적나라하게 보여 준다.

　그러나 스티븐슨이 이 작품에서 다루는 핵심적 주제라면 역시 선과 악을 둘러싼 문제라고 할 수 있다. 지킬 박사는 선을 상징하는 한편, 하이드 씨는 악을 상징한다. 전자가 이성에 따라 행동한다면 후자는 본능에 따라 행동한다. 인간성이란 본질적으로 선과 악, 이성과 본능처럼 양면적이다. 다시 말해서 인간은 선한 존재만도 아니고, 그렇다고 악한 존재만도 아니다. 마치 육체와 영혼을 서로 분리할 수 없듯이 선과 악도 서로 분리해 낼 수 없다. 그러므로 인간을 선과 악 중에서 어느 한쪽으로만 보려고 할 때 인간성을 잘못 파악하게 되고 그 결과 비극이 비롯한다.

이 소설의 한 장면에서 지킬 박사는 "인간성이란 참으로 하나가 아니라 참으로 둘이다."라고 말한다. 그는 인간의 영혼이야말로 '천사'와 '악마', 즉 선과 악이 서로 치열하게 싸움을 벌이는 전쟁터로 간주한다. 지킬 박사가 마침내 자살을 택하는 것은 궁극적으로 이러한 싸움에서 패배했기 때문이다.

지킬 박사의 비극은 자신이 개발한 약이 선과 악을 분리해 낼 수 있다고 순진하게 믿은 데 있다. 선과 악은 서로 떼려야 뗄 수 없을 만큼 서로 얽혀 있어 어느 한쪽을 분리하는 순간 나머지는 그 기능을 발휘하지 못하게 된다. 더구나 그의 약은 선과 악을 분리시키기는커녕 인간 본성의 어두운 면, 즉 악만이 더욱 힘을 발휘하게 한다. 그것은 지킬 박사가 점점 힘을 잃고 오직 하이드 씨만이 더욱 큰 힘을 얻는다는 사실에서도 알 수 있다.

그렇다면 "인간성이란 참으로 하나가 아니라 참으로 둘이다."라는 지킬 박사의 말도 액면 그래도 믿을 것이 못 된다. 어떤 면에서는 "인간성이란 참으로 둘이 아니라 참으로 하나다."라고 말해야 할 것 같다. 선과 악의 싸움에서 승리를 거두는 쪽은 거의 언제나 선이 아니라 악이기 때문이다. 이 작품에서 '천사'는 늘 '악마'에게 패배하기 마련이다.

만약 이러한 가정이 맞는다면 지킬 박사가 개발한 약은 단순히 문명의 겉껍질만을 제거할 뿐 선과 악 사이를 오가게 할 수는 없다. 즉 악은 오직 인간의 본성을 폭로할 따름이다. 악은 문명, 법, 양심 따위에 의하여 임시로 통제 받고 있을 뿐 인간의 본성 깊은 곳에 숨어 호심탐탐 기회를 넘보고 있다.

◆ **작가 소개**

로버트 루이스 스티븐슨은 1850년 스코틀랜드 에든버러에서 태어났다. 어릴 때부터 폐결핵을 앓은 그는 바다와 모험을 사랑했으며 독서를 좋아하였다. 열일곱 살 때 에든버러 대학에 입학하여 아버지의 뒤를 이어 공학을 전공했지만 얼마 뒤 공학을 포기하고 법률을 공부하였다. 대학을 졸업한 뒤 변호사 자격증을 얻었지만 그는 여전히 변호사 개업보다는 글쓰기를 더 좋아하여 1870년대 중반부터 단편 소설과 수필을 쓰기 시작하였다.

카누를 타고 프랑스와 벨기에를 여행하면서 경험한 내용을 담은 수필집《내륙 여행》, 걸어서 프랑스를 여행한 경험을 묘사한《당나귀와 떠난 여행》은 스티븐슨이 작가로서 유명해지는 계기가 된 작품이다.

스티븐슨은 1880년 열한 살 연상의 미국인 여성 패니 오스번과 결혼했고, 1888년 남태평양 사모아 아피아에 정착해 행복한 시절을 보내다가 1894년 뇌일혈로 세상을 떠났다. 스티븐슨의 대표작으로는《지킬 박사와 하이드 씨》말고도 해적 소설의 전형으로 여러 작가들의 상상력을 자극한《보물섬》을 비롯하여《납치》,《잘못된 상자》,《약탈자》,《썰물》등이 있다.